GRANDI TASCABILI CONTEMPORANEI
NARRATIVA

8

Della stessa autrice:

Innamorata di un angelo
Il mio angelo segreto
Un amore di angelo
Mi piaci da morire
L'amore non fa per me
L'amore mi perseguita
S.O.S. amore
101 modi per riconoscere il tuo principe azzurro (senza dover baciare tutti i rospi)
101 modi per dimenticare il tuo ex e trovarne subito un altro

Ottava edizione: ottobre 2012

Roma, Casella postale 6214

ISBN 978-88-541-1742-6

www.newtoncompton.com

Realizzazione a cura di 'verso
Stampato nell'ottobre 2012 da Puntoweb s.r.l., Ariccia (Roma)
su carta prodotta con cellulose senza cloro gas provenienti da foreste
controllate e certificate, nel rispetto delle normative ecologiche vigenti

Federica Bosco

Cercasi amore disperatamente

Newton Compton editori

A Daniel

QUELLA MATTINA...

Se non cambio posizione sento che le ginocchia mi si sbricioleranno, mi prude un gomito e il ferretto del reggiseno mi si sta conficcando nel cuore.

Se non fosse perché ho una pistola puntata alla tempia tutto sommato potrei star peggio.

...Qui la cosa va un po' per le lunghe. Questi tizi non devono essere dei professionisti e poi questo buzzurro mi stringe così forte che quasi non riesco a respirare.

Sono entrata qui in banca con passo sicuro e disinvolto, diretta verso il cassiere, mostrandogli tutta fiera il mio primo assegno, quando ho sentito gridare: «Fermi-tutti-questa-è-una-rapina!».

Sono scoppiata a ridere perché una frase così cretina è proprio da principianti, così il tizio più alto ha detto: «Tu che cazzo ridi, vieni qua!» ...E mi ha catturata.

Ecco perché mi trovo in questa posizione da museo delle torture con la vescica che potrebbe esplodere da un momento all'altro.

Così imparo a ridere a sproposito.

Il mio primo giorno da donna economicamente indipendente potrebbe diventare l'ultimo della mia vita... e mi sono anche strappata le calze nuove.

Questo è quello che pensavo quella mattina.

Si dice che quando stai per morire rivedi tutta la tua vita passarti davanti agli occhi e quel giorno capii che se la mia vita fosse finita lì avrei voluto essere rimborsata...

PRIMO GIORNO DI SCUOLA E ALTRE SENSAZIONI SGRADEVOLI...

Tutti ricordano il loro primo giorno di scuola come un momento solenne ed emozionante.

Io ricordo un'immensa cartella di cartone rosso e una mano che mi accompagnò oltre la soglia della porta fino al primo banco e poi mi lasciò al mio destino per correre in ufficio.

Io e la bambina bionda seduta accanto a me ci guardammo e capimmo subito che quella di mettersi al primo banco era stata una pessima idea. I bambini sono perspicaci.

Il mio papà e la mamma della bambina bionda diventarono grandi amici e tutti i sabati si esibivano nel loro numero preferito chiamato «schiaccia la figlia».

Il numero consisteva nell'entrare in classe vestiti di tutto punto, salutare la timida maestra con stretta di mano accademica e, con fare deciso, pronunciare la frase: «Buongiorno, io sono la madre di nome e cognome ...E io sono il padre di nome e cognome...».

Scendeva un imbarazzante silenzio seguito da una lunga confabulazione in cui la maestra, schiacciata anche lei nella morsa della soggezione, capiva che noi due eravamo da tenere in particolare riguardo. Anche se non sapeva perché.

In quei cinque minuti del sabato mattina, mio padre e sua madre riuscivano a farle tante di quelle raccomandazioni sul nostro conto da costruirci intorno un'aura da intoccabili.

Creando così tutta una serie di irraggiungibili aspettative. A sei anni.

Dopodiché salutavano il loro pubblico di marmocchi e svanivano nella nuvola di Opium in cui la sua mamma si tuffava ogni mattina.

Ed ecco che, come per magia, per noi si spalancavano le porte dell'inferno: ci rubavano la merenda, ci alzavano la gonna, ci davano suggerimenti sbagliati durante le interrogazioni, ma peggio ancora non ci invitavano mai alle feste.

Questa cosa non l'ho ancora superata, lo ammetto.

Mia madre mi ha vestita per anni e gliene voglio ancora, in particolare per due capi di abbigliamento che mi imponeva: il maledetto dolcevita di lana color senape che pizzicava da morire e un paio di pantaloni alla zuava blu elettrico con scaldamuscoli incorporati.

Per fortuna non me li ha mai fatti indossare insieme. Almeno credo.

Decisamente non ero una bambina felice, magrissima e con le trecce lunghe. Guardavo il mondo attraverso le lenti dei miei occhialetti rosa, coltivando il mio giardino dei sogni con grande dedizione: mi bastava chiudere gli occhi e in un attimo fioriva tutta la mia immaginazione.

Ho un ricordo molto vivo di una mia chiacchierata con Babbo Natale.

Quando papà nel '79 portò a casa la prima televisione a colori, per me la vera felicità fu lo scatolone che la conteneva.

Ci rimasi chiusa per undici ore. No, non avevo molti amici!

Tutto quello che volevo era starmene tranquilla a leggere il «Corriere dei Piccoli» pensando ai fatti miei, solo che non avevo fatto i conti con il fiato sul collo…

AMBIZIONI

I miei genitori avevano idee semplici circa il mio futuro:

1) Diventerai una ballerina classica: vincerai una borsa di studio e andrai a studiare a Londra dove diventerai la prima ballerina del National Ballet.
2) Diventerai una pianista famosa e suonerai nei più grandi teatri di tutto il mondo.
3) Ti diplomerai in ragioneria (un posto fisso è sempre importante), sarai la prima della scuola e diventerai amministratore delegato della più prestigiosa banca svizzera.
4) Ti sposerai con un uomo nobile, ricco e bello che ti intesterà tutto il suo patrimonio e vivrete per sempre felici e contenti con i vostri bellissimi figli biondi con gli occhi azzurri.

Con queste premesse appare già chiaro come la mia non sia stata affatto un'infanzia facile.

Loro volevano una bambina prodigio con il talento di Elton John, il corpo di Carla Fracci, il cervello di Gianni Agnelli e promessa sposa a Carlo d'Inghilterra.

Riuscite a immaginare niente di peggio? Per un po' ci provai.

A dieci anni correvo come una trottola da una lezione di

danza a una di pianoforte, passando per una lezione di francese e una di nuoto, per poi finalmente rilassarmi di sabato andando a catechismo.

Capii subito che se non fossi stata all'altezza delle aspettative non sarei mai stata degna del loro amore e poiché non sarei mai stata all'altezza delle aspettative decisi di impegnarmi con tutte le mie forze nel deluderli.

E fu un successo!

Superai brillantemente l'esame di quinta elementare, dopodiché il resto del mio percorso scolastico fu una reale e annunciata tragedia.

Cominciai per gradi: da tre lezioni di danza a settimana passai a due, poi zero. Mentii spudoratamente all'insegnante di pianoforte raccontando di essere stata scippata di tutti i libri di solfeggio e che non potevo permettermene di nuovi perché i miei erano troppo poveri. Ai miei dissi che l'insegnante era morta.

A scuola, non senza fatica, mi guadagnai il titolo di «abulica» (nessuno ha mai saputo spiegarmi cosa volesse dire), ma doveva essere qualcosa di grosso considerando il fatto che i miei non me l'hanno mai perdonata.

Ce l'avevo fatta, adesso li avevo obbligati a guardarmi per quello che ero veramente: la loro bambina e non un umanoide creato per realizzare le loro ambizioni frustrate.

Quella che però credevo fosse la chiave della mia libertà in realtà fu solo l'anticamera della segregazione, poiché, non potendomi plagiare a loro piacimento, decisero che mi avrebbero interdetta per non farli sfigurare in società.

Non mi fecero più uscire, scegliere gli amici o telefonare.

Paradossalmente mi lasciarono fare le due cose più pericolose in assoluto: mangiare e guardare la televisione.

Il mio nome negli incontri mondani era regolarmente accompagnato da un sonoro sospiro e da un laconico scuotimento del capo.

Tutto quello che le mie "abuliche" orecchie percepivano erano mozziconi di frasi del tipo: «Eppure non è scema, è che non si impegna...», o «Era tanto carina da piccola...».

Non mi restava che aspettare e preparare il mio piccolo personale colpo di stato.

Nel frattempo dovevo sorbirmi la compagnia di pallosissime compagne di giochi minuziosamente selezionate da mia madre, quelle con i quaderni perfettini, le penne profumate, le gonne lunghe e la camicetta di pizzo, che passavano il tempo a colorare. Io a sette anni avevo già avuto un orgasmo.

Decisamente non avevamo argomenti in comune. Fu proprio la televisione a suggerirmi una via di fuga: vedevo adolescenti inquieti che a differenza di me erano liberi di entrare e uscire da casa, sfasciare motorini, fumare, tingersi i capelli o lavorare alle poste.

Un giorno durante una puntata di *Saranno famosi*, Mrs. Sherwood, l'insegnante di lettere, ripeteva i celebri versi di Frost: «Due erano le strade che conducevano al bosco, ed io scelsi la meno frequentata, ecco perché sono diverso». ...Ecco perché sono diversa!

Diversa non vuol dire pazza, malata o abulica, vuole solo dire speciale.

Decisi allora che avrei continuato a condurre una sorta di doppia vita fino al giorno della scarcerazione: il giorno del mio diciottesimo compleanno.

CHE PALLE!

«Papà, mamma, voglio andare a Parigi!», esordii tutta fiera entrando in salotto.

Avevo provato quella scena almeno cento volte in camera mia ed ero pronta ad affrontare circa cinque diverse varianti:

Chiedi a tuo padre.

Chiedi a tua madre.

Non te lo meriti.

Torna in camera tua a studiare.

Ma come ti sei vestita?

Ma mai e poi mai mi sarei aspettata di vederli scoppiare a ridere come matti.

«Tu a Parigi? Ma se non sai nemmeno dov'è, non ti sai gestire, non hai mai preso un aereo, hai le mani bucate, in francese eri l'ultima della classe…». E così via.

«Signori della giuria… i suoi genitori non facevano che umiliarla, schernirla, ridicolizzarla… è stata legittima difesa…». Avrebbe detto il mio avvocato.

Ma non avevano tutti i torti.

In quegli anni di prigionia il mondo che avevo visto era quello che avevo potuto osservare dal finestrino dell'autobus che mi portava a scuola o dalla finestra di camera mia.

Così, un anno dopo l'altro, la bambina magra magra un

po' sfigata che spintonavano in classe aveva lasciato posto a un'ingombrante e irrequieta adolescente che scalpitava per poter vedere il mondo. I pantaloni alla zuava si erano trasformati in un paio di jeans strappati, il dolcevita color senape in un top di pizzo e l'orologino della comunione era stato sostituito da una ventina di braccialetti di gomma.

Madonna mi aveva liberata, mi aveva fatto capire che dovevo esprimermi come volevo, che il mondo era mio e che dovevo prendermelo. Ma lei aveva un vantaggio... Era orfana di madre...

Ai miei veniva un colpo tutte le volte che mi vedevano uscire con le croci appese alle orecchie e il guantino di pizzo.

E poi c'era l'amore. Quello perfetto, quello ideale che mi sorrideva complice dalla parete della cameretta e al quale potevo confidare ogni mio intimo desiderio.

Quello fatto con il sorriso di Simon Le Bon, la classe di Tony Hadley, gli occhi di George Michael che negli anni Ottanta era etero, il culo di quello che si toglieva i Levi's in lavanderia.

Ma la realtà, che ti obbliga sempre ad accontentarti di quello che passa il convento, quell'anno passò l'ultimo ragazzo disponibile della compagnia che frequentavo dopo la messa. Il cosiddetto capo difettato.

E di difetti ne aveva parecchi: dalla precocissima calvizie a una tirchieria al di là dell'immaginabile. L'unica volta che mi invitò a cena mi scrisse una dedica dietro la ricevuta di settantamila lire: "Una serata indimenticabile... soprattutto per il conto!".

Capii solo dopo un annetto che il vero amore lo nutriva nei confronti del frigorifero. Mangiava di continuo senza mettere su un etto, mentre io mangiavo di continuo e si vedeva.

Perché?

Perché dovevo stare a casa tutto il giorno, perdere tempo che non sarebbe mai più tornato, annoiarmi come una scimmia allo zoo e ingozzarmi di cibo e vane speranze?

Perché la mia vita doveva essere tutta lì fra quelle quattro mura, dove il mio corpo stava coprendosi di muschio e grasso senza poter ballare, cantare e urlare a squarciagola l'inconsistenza dei miei diciassette irripetibili anni?

No. Non era giusto.

La clausura era una scelta volontaria, mentre io ero stata condannata in contumacia.

I miei avevano un metodo infallibile per evitare di complicarsi la vita: il palleggio. Mio padre era meritocratico e mia madre diceva «chiedi a tuo padre, tanto ti dice di no». Ed era vero: «Papà posso comprare...? Posso uscire...? Rimanere a dormire da...? Andare in discoteca la domenica pomeriggio? Dai, dai daiii!».

No, no e ancora no. Ma perché? Perché no. Non te lo meriti. Che palle. Appunto.

La rabbia mi ribolliva dentro sottoforma di ulcera e psoriasi.

Era chiaro che appena avessi avuto l'occasione me la sarei data a gambe una volta per tutte.

E poi gli anni erano passati. Ne avevo diciannove, pesavo ottanta chili, i miei mi parlavano a mala pena, continuavo a non uscire e da tre anni stavo insieme a uno sfigato che mi veniva a trovare per mangiare, parcheggiare la macchina nel vialetto di casa e guardare la televisione.

Un giorno mi guardai allo specchio e mi accorsi di essere diventata un vero cesso. Ero goffa e sgraziata nonostante gli anni di danza classica, tanto che mia madre mi aveva soprannominata il San Bernardo, a sottolineare il fatto che mancassi di grazia, come sua suocera, al contrario di lei che aveva una linea da levriero.

Avevo i capelli permanentati, sempre gonfi e crespi e una vita sessuale praticamente inesistente.

Presi la decisione che avrei dovuto prendere molto tempo prima: lasciai il fidanzatino che rimase piuttosto sorpreso vedendo sfumare il suo sogno di vivere alle spalle della mia cucina per sempre. Anni dopo si è sposato con la ragazza del suo migliore amico. Chissà se ha messo la lista di nozze in un supermercato.

Quello stesso giorno affrontai i miei chiedendo di pagarmi il viaggio a Parigi.

«Non se ne parla nemmeno!», disse mio padre.

«Perché?»

«Perché sei stata bocciata!».

«Ma è stato due anni fa!».

Per quanto tempo ancora me lo avrebbe rinfacciato?

Anche i peggiori reati prima o poi cadono in prescrizione!

Ma porca miseria, mi avevano fatto frequentare ragioneria, che odiavo, «perché siccome nessuno ti sposa, almeno entri a lavorare in banca».

«Ma vorrei studiare lingue...».

«No, è una scuola privata e quindi è troppo facile. Nella nostra famiglia sono tutti laureati».

Perciò appena c'era uno sciopero nell'aria facevo miei tutti i princìpi del nucleare, delle riforme di governo o del prodotto interno lordo. Ovviamente sciopera oggi, sciopera domani, alla fine ero stata bocciata e questo aveva sancito la totale vergogna da parte di tutta la famiglia.

I miei ricevettero messaggi di solidarietà anche dagli amici dei parenti più lontani.

Nessuno mi chiese se era il tipo di studi che non faceva per me o se avevo dei problemi, se mi sentivo sola, diversa, infelice, se ero innamorata o se mi sentivo a disagio con un corpo in trasformazione. No. Non potevano esserci problemi di quel genere, non in quella famiglia, non se ero sana e benestante.

«La figlia del dottor tal dei tali è stata promossa con il massimo dei voti… il figlio del mio amico parte per l'Inghilterra per un master… io alla tua età…».

Così tuonava mio padre dall'alto della sua laurea in giurisprudenza, e io mi facevo piccina piccina.

Più mi umiliavano, più aumentava il numero di buchi alle orecchie, dei braccialetti e dei chili di troppo.

E dire che avrei solo voluto un abbraccio e un po'di fiducia.

Quello che mi faceva soffocare era la sensazione strisciante di impotenza, quella sfiducia a priori perché «tanto non combinerai mai niente di buono nella vita!».

Me lo avevano ripetuto così tante volte che stavo finendo per crederci.

Si era creato ormai un pericolosissimo circolo vizioso.

Io mi sentivo veramente un'incapace, così andavo da mio padre a chiedere i soldi.

Lui mi diceva prima di no, poi vedendo la mia delusione, respirava profondamente e faceva una lunga pausa, pesante come un macigno.

Caricava il suo «no» di aspettative deluse, di «è per il tuo bene», di «hai visto un bel mondo» e quando mi aveva umiliata abbastanza sospirava dicendo: «Tanto lo so che per te sono solo il portafoglio di casa!».

Questo giochino faceva sentire lui potente e me ancora di più una nullità.

E dagli!

Ma che gliene importava, vista la stima che aveva di me, di come lo consideravo?

Le motivazioni "freudiane" le ho poi capite anni dopo.

La sera, stando seduta sulle scale dove potevo sentirli parlare senza essere vista, ascoltavo le loro conversazioni che spaziavano da: «Dimmi il nome di quella donna!» a «L'unica speranza è che tua figlia sposi uno che la mantenga... ma grassa com'è...».

Così festeggiavo queste infelici uscite a suon di biscotti al cioccolato.

Un giorno mentre ero a scuola, mia madre aveva aperto il cassetto della scrivania cercando il mio diario segreto (più che aperto lo aveva scassinato) e aveva trovato il mio «kit del perfetto bulimico» formato da: coltello da burro in argento, fette biscottate integrali, un barattolo di Nutella da 500gr a metà, altri sette barattoli vuoti e tre marche diverse di biscotti.

Aveva poi sapientemente posizionato il tutto sulla mia scrivania dove non potevo non vederli e poi lo aveva raccontato a tutte le sue amiche del Club del Golf.

Finché una sera dall'alto delle scale sentii mio padre che diceva: «Ma sì, mandiamola, tanto tempo un mese ritorna!».

Gesù mio non ci posso credere, mi mandano a Parigi!

Quella notte non dormii nemmeno un minuto, continuai a fantasticare sulla vita meravigliosa che mi aspettava.

Due settimane dopo partii come una profuga.

Avevo una valigia piena di vestiti brutti e roba vecchia che non mi stava più tanto ero ingrassata negli ultimi tempi.

Mio padre guardando il mio aereo aveva commentato «Speriamo regga!».

Avevo avuto molti più soldi del necessario a sottolineare il fatto che ne avrei avuto sicuramente bisogno considerata la mia notoria inettitudine e mi avevano dato l'indirizzo di certi nobilastri amici loro che avrei dovuto contattare una volta arrivata.

Il mio primo pensiero fu: «Col cazzo!».

QUANDO IL GALLO CANTA... MAI VOLTARSI INDIETRO

Parigi.

Uscii dall'aeroporto sconvolta dal pranzo dell'aereo, dalle valigie perse e dal fatto che forse non avevano tutti i torti se ero l'ultima della classe in francese.

Volevo tornare a casa subito e mi chiusi in un bagno pubblico a piangere, ma mai e poi mai avrei dato loro questa soddisfazione.

Salii su un *taxi parisien* e mi feci portare in un hotel di cui avevo letto in una guida.

Il tassista riconobbe i tratti inconfondibili del "pollo" e non mi disse che il suo era un taxi di quelli di lusso e il passaggio mi costò quanto una cena da Chez Maxim's.

Ero a Parigi da due ore e avevo già imparato la prima lezione: prima impari la loro lingua e prima ti capiranno quando li manderai affanculo.

La stanza era squallida e triste, il letto con le coperte blu di ciniglia e le lenzuola di cotone inamidate e fredde, il cuscino a salsiccia, niente bidet e niente persiane.

E mi sentivo molto, ma molto sola.

La prima notte in albergo la passai a guardare la tele senza capire quasi nulla e a ripetermi che ero una pazza incosciente e che i miei avevano ragione. Poi la stanchezza di tante emozioni prevalse e l'indomani, col sole e un paio di *pains au chocolat*, la vita mi sembrò migliore.

Credo che si cominci ad attingere alle risorse più nascoste quando ci si trova in situazioni difficili, come la signora magra che solleva la macchina con sotto il marito in quel documentario sugli effetti dell'adrenalina che avevo visto alle medie.

Girai tutta Parigi con l'avidità di uno che è rimasto a digiuno per anni, come un bambino sguinzagliato in una pasticceria.

Non mi feci mancare niente dei *must* del turista.

Armata di guida in poco tempo avevo girato tutti i musei, le piazze, i monumenti, i parchi e le *crêperie* possibili.

Sentivo che la mia vita stava cambiando, che ero una "tosta" e che me la cavavo proprio bene da sola.

Ma dopo alcune settimane di vagabondaggio foraggiato da mamma e papà cominciai seriamente a preoccuparmi. Dovevo trovare qualcosa da fare se volevo continuare la mia avventura.

Così, girando senza meta per Pigalle, un tizio mi fermò per darmi la locandina di uno spettacolo del Paradis Latin, ma quando risposi no grazie, mi disse che era italiano anche lui e lo tempestai immediatamente di domande.

Poteva aiutarmi a trovare un lavoro? E una stanza? E cosa voleva dire «Ta gueule»?

«A bella!». Il tizio era di Roma. «Io sto qui da quattr'anni e c'ho ancora le pezze ar culo!».

E poi mosso a compassione disse: «Senti, qui cercano una guardarobiera, pagano in nero ovviamente, ma lavori solo la sera e non devi parlare tanto, se vuoi ti presento».

E così ottenni il primo lavoro della mia vita: non la cameriera o la babysitter come avrebbero potuto fare tutti, bensì la guardarobiera in un locale di striptease.

Lo ammetto, anche a distanza cercavo ancora di deludere

i miei, dopotutto lo facevo da quasi vent'anni e le cattive abitudini sono dure a morire!

Quell'inverno mi divertii come non mai, non solo scoprii un mondo nuovo, ma scoprii anche che sapevo cavarmela davvero da sola.

Tutte le sere uscivo con i miei "colleghi" di lavoro, bizzarre creature della notte che avrebbero fatto rizzare i capelli a mia madre e alle sue amiche della Croce Rossa: ballerine che speravano sempre in un'audizione al Crazy Horse, travestiti che baciavano tutti sulla bocca e ti chiamavano «ma biche» e vecchie checche alcolizzate che tenevano alta la bandiera della *décadence*.

Tutti personaggi che facevano parte di un mondo fatto di piume, solitudine e paillettes.

Un mondo molto più vero di quello che avevo conosciuto fino ad allora.

Mi fecero sentire veramente amata, che ero una persona speciale, piena di vita, di entusiasmo e di luce.

Inutile dire che quello fu l'inverno delle prime volte: la scoperta del sesso da grandi, le sigarette arrotolate, il Pastis, le nottate gelide a parlare sul lungo Senna, l'alba sui tetti, lo shopping da Tati e le stanze fatiscenti al quinto piano senza ascensore.

Un inverno indimenticabile.

Avevo recuperato una parte del tempo perduto, ma sentivo che era solo l'inizio.

Per diciotto anni ero stata considerata "il tonno di casa", tanto che mio padre quando era di buon umore mi chiamava «Maruzzella».

Ma adesso il tonno sarebbe diventato uno splendido delfino.

E così m'imbarcai su un bell'aereo bianco e rosso col nome di "Château de mon plaisir" direzione Isole Mauritius.

ANOTHER DAY IN PARADISE...

Un mattino mentre rosolavo sulla spiaggia della famosa Ile aux cerfs, si avvicinò un tipo.

«Fa caldo eh?», cominciò.

«Mm… sì», risposi distrattamente.

Per me la conversazione poteva essere anche conclusa lì.

«Sei sola?»

«No aspetto Alì Babà e i quaranta ladroni, ma hanno sempre dei problemi ad aprire la porta…».

«Ah, ah, sei simpatica…».

Non intendevo affatto essere simpatica, ma lui attaccò a parlare.

Mi disse di essere il capo di un villaggio turistico lì vicino.

Il tipico cinquantenne brizzolato con il codino, la camicia aperta, l'orecchino e almeno una mezza dozzina di figli sparsi per il mondo.

Una specie in via d'estinzione.

Piero Angela avrebbe potuto farci uno speciale del mondo di *Quark* di almeno dodici puntate intitolato: *Sulle tracce dell'Homo Herectus cum Viagra.*

Mi raccontò meraviglie della vita del villaggio, della simpatia degli animatori, degli spettacoli, del vitto e alloggio inclusi, delle possibilità di fare carriera e della clientela internazionale, del lavoro creativo, del posto paradisiaco, delle feste...

Vitto e alloggio inclusi...?

Ecco perché quell'anno andai a fare l'animatrice.

Non dovevo fare molto, solo dire buongiorno e buonasera all'entrata del ristorante.

Facile pensai, poi cominciai a capire.

Sveglia alle tre del mattino per accogliere i nuovi clienti e accompagnarli in camera.

Ma perché i numeri delle camere non seguono nessuna logica?

Dopo aver vagato per due ore con i poveri pellegrini incazzati neri, finalmente andavo a letto.

Alle sette sveglia, indossa la divisa, vai a dire buongiorno al ristorante, fai la conferenza informazione ai nuovi arrivati (gli sfigati della notte prima in condizioni pietose!), già che ci sei fai un giro del villaggio per farti vedere, ma senza occhiali da sole perché non è educato no, neanche se ti si è appena staccata una retina! E ops! È già l'ora del giochino demenziale attorno alla piscina e guai a farsi vedere da soli! Bisogna sempre essere con un cliente!

«Contatto, fate contatto!», intimava sempre il cretino che mi aveva reclutata sulla spiaggia.

È l'ora di pranzo, si mangia? Sì, ma in cinque minuti e mai più di due animatori allo stesso tavolo e poi via di corsa a fare le prove in costume per lo spettacolo della sera anche se ci sono quaranta gradi all'ombra e tu fai l'orso Balù nel *Libro della giungla*!

Dopo le prove c'è un altro giochino del cazzo, ma stavolta è attorno al bar e poi sono le due, i più fortunati tornano ad insegnare il loro sport e gli altri devono inventarsi qualcosa perché sulla spiaggia non si può stare per non dare l'impressione di essere in vacanza!

In un baleno sono le sei e magari ci sono altri arrivi e partenze. Piove, ma bisogna vestirsi di bianco perché è mercoledì e si deve essere alle sette e mezza al bar per l'aperitivo, ma non da soli, per via del contatto, e c'è solo quella vecchia rompiballe che si lamenta in continuazione dall'inizio della settimana, ma c'è solo lei e quindi ti tocca sederti accanto e fare il giochino dell'aperitivo e poi già che ci sei cenare con lei e con il suo gruppo di amici sfigati (sempre gli stessi che hai accompagnato la sera prima) e che hanno da ridire perché quest'anno le camere sono brutte e non c'è la vista mare e si stava meglio quando si stava peggio. Oddio sono già le nove e bisogna prepararsi per lo spettacolo, che è *Dracula* e ti devono chiudere in una bara, ma siccome solo tu parli italiano prima devi presentare al microfono il programma della settimana indossando un body di tre taglie sotto che era di quella che ha dato le dimissioni l'altro ieri (chissà perché) e non te l'hanno fatto provare e vorresti morire, ma non c'è tempo perché dopo lo spettacolo ci sono altri giochini, altro contatto e *dulcis in fundo* altre prove.

Parigi in confronto era una casa di riposo.

L'idea di andarmene mi solleticava ogni sera, però succedeva sempre qualcosa di magico che mi faceva cambiare idea. Una battuta di pesca d'altura in notturna a base di reggae, rum e coca con i delfini che saltavano accanto alla barca. Una festa sul catamarano, uno spettacolo ben riuscito, gli scherzi goliardici tra di noi e il reggerci la parte a vicenda quando il cliente innamorato partito la settimana prima tornava per farti la sorpresina mentre tu eri imboscata con l'insegnante di surf.

Passò quasi un anno e un giorno di febbraio un ciclone devastò l'isola, sradicando alberi e case.

Così, visto che dovevano chiudere, che il tempo era uno schifo e l'aria era marcia, me ne andai per la mia strada.

CARMEN

Spagna.

Solito giro per cercare lavoro in un bar qualunque e finalmente un sì.

La sera il locale si riempiva di gente assurda che animava la serata cantando e ballando e finivamo sempre a ballare sul bancone completamente ubriachi lanciandoci pezzi di frutta della sangria.

L'unico lato negativo è che toccava a me pulire.

Non andavamo mai a dormire, eravamo tutti sempre su di giri e fumavamo l'impossibile.

Una sera verso le tre di notte mentre zampettavamo improvvisati passi di flamenco, si unì alle nostre danze etiliche un personaggio che, come poi avrei scoperto in seguito, era un coreografo in tournée con la sua compagnia di danza.

Fu una serata strepitosa in cui i freni inibitori ci abbandonarono completamente e dove ognuno diede il meglio di sé, della propria passione e della propria sensualità.

Certe cose succedono solo in certi posti magici, con determinate congiunzioni astrali e con un tasso alcolico spaventoso nel sangue.

Ballammo così bene che Eric, questo era il suo nome, alla terza bottiglia mi chiese se volevo partire in tournée con loro.

Non cercava artisti con grande esperienza, ma attori e ballerini con personalità, magnetismo e molta faccia tosta.

Ero perfetta!

Eric era l'omosessuale più etero che avessi mai conosciuto, era alto, bello, con un'eleganza innata da fare innamorare chiunque, e infatti nessun uomo gli aveva mai resistito.

Si profumava con una dose indegna di colonia alla tuberosa che riusciva a dominare alla perfezione, nonostante la dolcezza nauseabonda.

Noi ragazze non aspettavamo altro che il suo bacetto sulle labbra la mattina a colazione: ci saremmo sbranate per un suo complimento.

Il motivo di tanta competizione stava proprio nel fatto che non potevamo averlo.

Mettemmo in scena nientemeno che *Carmen*: praticamente una missione suicida, per questo eravamo tutti isterici.

Non sapevo niente di opera, mai ascoltata la Callas e non avevo idea di quello che avrei dovuto fare, ma Eric ci costringeva a interminabili ore di prova durante le quali ci torturava, ci umiliava e ci adorava, facendosi ogni volta perdonare anche quando ne avevi piene le palle e volevi andartene.

Ti corteggiava al punto da farti sentire indispensabile.

Un paraculo nato.

Se sbagliavi un passo e non era in giornata, cosa che accadeva molto spesso, poteva insultarti con uno o più fra i seguenti aggettivi: nullità, grassona, ballerina comica, culona e, quando era proprio al limite, il temuto «Basta, torno da mia madre».

Indifferentemente a uomini o donne.

Ci chiamava «le sue creature», ci faceva da padre, da madre, da amante e da maestro e in fondo sapeva benissimo che, se ne avesse avuto bisogno, saremmo stati disposti a dargli un rene.

Se sentiva che non eravamo ricettivi ai suoi messaggi, che non gli davamo abbastanza passione o desiderio non esitava a farci assistere a una corrida o a farci danzare sotto la pioggia o a svegliarci nel cuore della notte. Sapeva essere crudele all'occorrenza.

In un primo tempo ebbi il ruolo di Manuelita, poi in seguito a un infortunio capitato alla protagonista di cui, giuro, non fui responsabile, ebbi l'onore di avere la parte di Carmen.

Io Carmen?

«Ah ah! Scherzi vero?»

«No no, sei adatta, lo puoi fare».

«Solo perché ho i capelli lunghi e sono grossa come un vagone non vuol dire che lo posso fare!».

A questo punto mise su la tipica faccia seccata di quando lo si contraddiceva ed era convinto di aver avuto una super idea: diventava taciturno, si rollava una canna, aspirava profondamente e poi ti spiegava e lo "spiegone" era così lungo che ti prendeva per sfinimento.

Quello che capii della *Carmen*, è che o era la storia più moderna che fosse mai stata scritta, oppure il mondo dai tempi di Eva non era mai cambiato.

Carmen era una tipa tosta, nevrotica ed egocentrica, che cercava in fin dei conti solo qualcuno che l'amasse veramente (come tutte noi).

Il protagonista maschile, Don Josè, invece era il classico bellone smidollato, schiacciato dalla madre, frustrato dai sensi di colpa e dal "vorrei ma non posso".

Quando Carmen, grande provocatrice, lo sfida a disertare

per seguirla, il nostro uomo se la fa sotto e torna da mammà e dalla sua fidanzata frigida, senza però smettere di amare Carmen. Lei allora si innamora del Toreador bello, coraggioso e virile (anche se in realtà tutto quello che ha da offrirle è una vita di corna di quelle vere).

A questo punto Josè cosa fa? Quello che si legge sempre sui giornali: lei gli getta l'anello in faccia (un po' violentemente ad essere onesti) e lui impazzito per la gelosia la pugnala a morte e si consegna alla giustizia.

In ogni caso Eric, dietrologia a parte, era un gran bel Don Josè. Alla fine del terzo atto, cadeva disperato su di me che giacevo morta a terra e rimanevo alcuni lunghissimi secondi schiacciata sotto il peso del suo corpo, eccitatissima.

Sentivo battere il suo cuore contro il mio e respiravo il profumo di tuberosa misto al calore della sua pelle sudata e avevo la certezza che in quel momento lui mi amava.

E anch'io.

Un mattino di alcuni mesi dopo, in una giornata di vento straordinariamente freddo e ostile, il suo cane, dopo aver grattato alla porta per ore, trovò il corpo del suo padrone in un lago di sangue.

Si era tagliato i polsi.

Rimanemmo impietriti in un macabro semicerchio come nel finale di *Carmen*.

Era stato il suo colpo di scena. L'ultimo.

Nessuno disse più una parola.

Me ne andai la sera stessa.

WHISPERS
(sussurri)

Ci misi un po' a riprendermi da quella morte, mi ero sentita tradita, delusa e abbandonata dall'unico essere che avessi veramente amato, e che se n'era andato senza salutarmi e senza darmi una spiegazione.

Qualcuno aveva avanzato l'ipotesi che fosse malato da tempo, ma questo non toglieva l'amaro dalla bocca e nemmeno la sensazione d'impotenza.

Ripresi il mio zaino un po' più carico di esperienza e ricordi e ricominciai il mio viaggio.

Eric mi aveva insegnato a non vergognarmi di essere me stessa, era stato il suo regalo più grande, e questo mi diede la forza di superare il dolore della sua morte.

Dopo la Grecia, la Turchia e un periodo in Messico, decisi di imbarcarmi su una nave da crociera, tutti dicevano che la paga era buonissima e le mance ti facevano raddoppiare lo stipendio.

Da quando ero andata via di casa il mio motto era: lavorare poco e guadagnare il meglio possibile e quando c'era da guadagnare poco era fondamentale lavorare ancora meno.

Non avevo assolutamente fatto i conti con il mal di mare…

Quando non vomitavo pulivo le camere, quando non pulivo le camere e non vomitavo cercavo di godermi il tramonto e nei giorni di arrivo mi mettevo a osservare i turisti che salivano a bordo.

Erano quasi tutte coppie in viaggio di nozze, anziani e uomini d'affari accompagnati da signore elegantissime tutte ingioiellate che mi facevano pensare ai miei genitori.

Già i miei...

Mi chiedevo che faccia avrebbero fatto se un giorno fossero saliti a bordo e mi avessero vista, magari avrebbero fatto finta di niente oppure, cosa più probabile, mi avrebbero spedita a prendere le loro valigie e a preparargli un drink.

E io sarei corsa.

Certe cose non cambiano mai!

Ero a bordo da tre mesi e avevo le mani rovinate, le labbra secche e i capelli di stoppa e continuavo a chiedermi perché in *Love Boat* fossero tutti così carini.

Avrei dato qualunque cosa per scendere da lì, e il mio desiderio fu esaudito quando un giorno attraccammo nel porto di Nassau alle Bahamas.

Sembrava di essere stati catapultati in un video di Snoop Dogg: lusso sfrenato, alberghi stile Disneyland con acquari sotterranei, limousine di dieci metri al posto dei taxi, casino e yachts accanto a mercati tipici che vendevano spezie e *conk*, il mollusco che vive nelle conchiglie in cui si sente l'oceano, cucinato in tutte le salse sempre con quintali di cipolla.

L'aria era inebriante, sapeva di acqua, di musica, di spezie, di pelle umida.

Mi sentivo straordinariamente libera e viva.

Il tramonto stava colorando tutto di rosa cartolina a Paradise Island, alcuni ragazzi sulla spiaggia improvvisavano un festino a base di birra e pesce alla griglia, cantando e suonando il tamburo, e mentre mi avvicinavo sorridente e disinvolta verso i miei nuovi amici per fare festa con loro dopo mesi di mare, qualcosa di molto, ma molto grosso mi colpì sulla testa.

Al risveglio mi trovai circondata da un sacco di persone. Riconobbi subito alcuni membri dell'equipaggio, compreso il medico di bordo, tutti con la faccia scura perché erano in ritardo per colpa mia.

Ero bianca come un lenzuolo, più confusa di sempre e vaneggiavo di aver sentito la voce dei morti.

I locali ridacchiavano dandosi di gomito, mentre il medico di bordo non era più tanto sicuro del mio stato di salute mentale e preferiva mettermi sul primo aereo e rispedirmi a casa con un biglietto di sola andata per una clinica psichiatrica.

Ero stata aggredita da una noce di cocco, avevo un bernoccolo enorme e per di più tutta la nave ce l'aveva con me.

Il medico firmò un certificato in cui dichiarava che avevo un trauma cranico unito a un brutto esaurimento nervoso e quindi avevo bisogno di riposo, e io all'idea di risalire sulla nave e starmene due mesi chiusa nella stiva inalando nafta mi sentivo morire.

Decisi allora di non ripartire e di rimanere lì per un po', tanto avevo capito che le navi non facevano per me e data la mia abilità nel trovare le persone più bizzarre nei luoghi più impensati, non avevo dubbi che di lì a poco sarebbe successo qualcosa.

Mi dissero tutti che se cercavo un posto dove stare, dovevo assolutamente rivolgermi a Gregory che era un po' il guru del villaggio.

Pensavo che mi sarei trovata al cospetto dello stregone mascherato, fui invece molto lieta di constatare che era un medico di trentacinque anni o poco più che viveva in una grande casa coloniale, circondata da un bel prato verde, in cui trotterellavano un paio di caprette e un cane spelacchiato.

Come mi vide scendere dalla macchina con la testa piena di cerotti mi venne subito incontro con un gran sorriso molto dolce e rassicurante e mi aiutò a scendere.

Per la prima volta, dopo tanto tempo, mi sentii a casa.

Aveva una gentilezza nei gesti e un modo di parlare sempre così pacato e calmo che mi faceva dimenticare del mondo esterno.

Non era bello, ma aveva delle espressioni tutte sue e una buffa fossetta sulla guancia quando rideva.

ZAC!

Colpo di fulmine.

Era un uomo straordinario e nell'isola era considerato un'istituzione, era sempre disponibile a qualunque ora del giorno e della notte per soccorrere un pescatore ferito, una partoriente o un cavallo zoppo.

Gregory era figlio di un diplomatico indonesiano e di una grassissima Mami caraibica che preparava delle torte di banana divine. Aveva viaggiato molto, si era laureato negli Stati Uniti e aveva vissuto per alcuni anni a Singapore, ma alla fine era tornato in quell'isoletta, Eleuthera, dove voleva rimanere per sempre.

E io, che dovevo rimanere un paio di settimane per rimettermi in sesto, rimasi due anni.

Parlavamo e ridevamo tantissimo, non dovevamo mai pianificare niente, era semplicemente normale che stessimo sempre insieme. Andavamo a pesca, mi insegnava a cucinare dei piatti strani con le spezie e le erbe, la sera ci godevamo il fresco sotto la veranda, io tenevo i piedi sulla sua pancia e lui me li massaggiava, la nostra vita ci piaceva un sacco.

La mattina presto mi capitava di svegliarmi e dalla finestra della camera da letto rimanevo a guardare il cielo grigio dell'alba fermo sopra l'oceano.

L'aria profumava di sale e il vento faceva volare le tende bianche.

Guardavo Gregory che dormiva accanto a me e gli accarezzavo il viso.

Lui mi sorrideva con gli occhi chiusi e tendeva le braccia verso di me e io mi raggomitolavo vicino a lui e mi riaddormentavo.

Mi sentivo veramente in paradiso.

La mia vita per uno "scherzo del destino" era diventata straordinariamente equilibrata e serena.

Finalmente mi sentivo appagata da qualcosa che non dipendeva più da quanto bevevo o da quanto fumavo, ma che era dentro di me.

Fino ad allora non mi era mai importato di nessuno a parte me stessa, anzi avevo sempre evitato di creare legami, ma ora era diverso, avevo abbassato le difese, non mi sentivo più in credito con la vita e avevo recuperato tutto quello che mi era stato negato durante l'adolescenza.

Ero a mille miglia da quello che ero stata da ragazzina, adesso ero una donna felice.

E magra.

Avevo fatto pace anche con Dio.

Da bambina andavo a catechismo in un antichissimo convento buio e freddo che un tempo era stato un manicomio.

Quando arrivavo in ritardo correvo come un razzo per i lunghi corridoi, senza voltarmi indietro, convinta di essere inseguita da un pazzo assassino.

Andando a letto dicevo dodici preghiere per cercare di proteggere tutti quanti il più possibile e quando mi dovevo confessare temevo davvero di bruciare tra le fiamme eterne dell'inferno, se non avevo studiato o avevo risposto male a mia madre (la storia del primo orgasmo però non l'ho mai confessata).

La religione era stata pesante, le preghiere erano state pesanti, Dio era stato pesante e alla fine avevo smesso di crederci.

Le chiese qui erano delle case bianche senza crocifissi, altari o candele, dove tutti si riunivano per cantare, ringraziare Dio a voce alta anche solo per aver fatto piovere sui pomodori.

Era una spiritualità molto semplice e genuina che rispecchiava in tutto e per tutto l'anima di quest'isola e della gente che l'abitava.

Era quello che cercavo.

Mi avvicinai molto al Reverendo Daniel della Chiesa Evangelica: era uguale a Denzel Washington e mi raccontava degli aneddoti talmente assurdi che non si poteva non volergli bene.

Aveva scelto la sua attuale moglie (un donnone che urlava anche se eri a dieci centimetri e che ogni tanto lo prendeva a sberle) con un metodo infallibile: in un cappello aveva messo tre bigliettini contenenti il nome delle tre donne che considerava potessero essere delle buone mogli, chiedendo al Signore di fargli pescare il nome della donna che avrebbe dovuto sposare e così per tre volte estrasse il nome della leggiadra Garneetrah.

«Tre è la legge», si disse, e la sposò.
105 chili d'amore.
Dio aveva veramente un gran senso dell'umorismo.

Due anni passarono in un baleno, volevo rimanere lì per sempre.

Una mattina molto presto passeggiando sulla spiaggia per cercare conchiglie, avevo trovato una bottiglia vicino alla riva con dentro un messaggio. Mi ero guardata intorno un po' stupita, ma poi avevo capito che doveva essere Gregory che mi faceva uno dei suoi scherzi.

Srotolai il bigliettino umido con cautela e lessi: "Mi vuoi sposare?".

Urlai un sì al vento così forte che mi sentirono per chilometri.

Ero così felice che quando lo raccontai al Reverendo non smettevo più di ridere e piangere.

Sarebbe stata una cosa semplice con i nostri amici nel giardino di casa, una cosa solo per noi, con il banchetto a base di *conk*, speravo tanto che avrebbero evitato la cipolla almeno per quel giorno.

Volevo dirlo ai miei, non li sentivo da un'eternità.

Sapevano dov'ero, ma non si erano mai degnati di chiamarmi nemmeno per sapere come stessi.

Un matrimonio però è una cosa seria e ci tenevo tantissimo che mia madre potesse infamarmi per il fatto che disonoravo ulteriormente la famiglia sposando un uomo di colore.

Ma fu molto peggio di così.

Il telefono squillò per un'eternità e proprio mentre stavo

per riattaccare sentii una voce lontanissima rispondere come dall'oltretomba.

Solo in un secondo momento realizzai di aver sentito nell'aria un forte odore di fiori marci.

La tata che da trent'anni lavorava a casa nostra mi informò che mio padre era morto quella mattina.

LACRIME

Rimasi immobile per dieci lunghi minuti con la cornetta in mano, cercando di capire cosa avrei dovuto fare.

Durante tutti quegli anni non mi era mai venuta in mente una simile eventualità.

E ora che faccio? Dovrei tornare, dovrei restare? Com'è possibile che in un attimo il dolore possa spazzare via la gioia e mai viceversa?

Per questo la gente quando si sente felice non ne parla mai, o se lo dice lo fa facendo gli scongiuri, come se avesse paura di essere sentita da qualcuno che subito la carichi di tonnellate di dolore per rimediare all'errore.

Al dolore ci si abitua, alla felicità mai.

Non ce n'è dato il tempo.

Parlai con Gregory.

Sapevamo tutti e due che la cosa più sensata da fare era prendere il primo aereo e tornare a casa, ma sapevamo anche che una volta partita non sarei più tornata.

Sapevamo che la nostra storia poteva funzionare lì e solo lì, fuori dal tempo, dalle convenzioni e dal caos e che mai e poi mai gli avrei chiesto di seguirmi.

D'altra parte, sapevo che se non avessi affrontato il mio passato non sarei mai potuta andare avanti e se avessi fatto finta di niente, non me lo sarei mai perdonato.

Il tempo di preparare le mie cose e due giorni dopo Gregory mi accompagnò all'aeroporto con la jeep, la stessa su cui quarantotto ore prima avevamo pensato di scrivere "Just married".

Lui cercava di sdrammatizzare, ma nessuno dei due aveva voglia di ridere e dietro i suoi occhiali scuri vedevo una lacrima strappata via dal vento.

C'era un sole fortissimo e caldo che stonava terribilmente col mio stato d'animo.

Il sole non dovrebbe mai splendere quando si soffre.

Avevo perso un padre che neanche avevo conosciuto e stavo lasciando l'uomo che amavo.

Gregory mi mise al collo il suo medaglione di osso di tartaruga, e rimanemmo per lunghi minuti abbracciati piangendo in silenzio, fino all'ultima chiamata del mio volo.

«Sono un uomo fortunato sai?», mi disse col nodo in gola tenendomi stretta mentre le mie lacrime gli bagnavano la camicia. «Non ci credevo alla storia dell'anima gemella finché un giorno tu sei piovuta dal cielo. A pochi è concesso questo privilegio… E devo ringraziare una noce di cocco!», si sforzò di ridere. «Un giorno di pioggia magari fra cento anni mi volterò e tu sarai lì, sarai tornata. Ho aspettato trentacinque anni, che mi costa aspettare ancora?».

Fu un addio straziante.

Non ebbi nemmeno la forza di voltarmi indietro una volta passata la porta d'imbarco.

OMBRE DAL PASSATO

Ci misi un giorno intero a tornare in Italia fra scali e treni in ritardo.

Non ero pronta, non ero affatto preparata ad affrontare mia madre, non riuscivo a separare il dolore dalla rabbia, la rabbia dal rancore e il rancore dal rimorso.

Non sapevo più per chi piangevo e mi sentivo orrendamente in colpa per non aver potuto salutare mio padre.

E in quel vagone di treno super affollato, schiacciata contro il finestrino, mi sentivo come se mi avessero preso la testa e me la stessero sbattendo contro un tavolo di marmo.

Quando arrivai nella vecchia casa di famiglia, stravolta e con gli occhi gonfi, mi venne ad aprire la vecchia tata Lidia, o Lalidia come l'avevamo sempre chiamata.

Come per incanto tutto il mio passato, che avevo fino a quel momento fuggito come la peste, si materializzò.

Lalidia era una figura grottesca che ricordava paurosamente Bette Davis in *Che fine ha fatto Baby Jane?*

Portava i capelli ossigenati con la benzina, spudoratamente sciolti, e metteva un rossetto rosso fuoco un po' dove capitava, all'epoca doveva avere settantacinque (mila) anni.

Improvvisamente mi ricordai che l'unica arma di salvezza che avessi mai avuto per superare i momenti difficili e sopravvivere alla mia famiglia era l'ironia, e in quel momento, mentre seguivo a rispettosa e debita distanza Lalidia nel lungo e buio corridoio, pensavo alla mia vita e mi veniva da ridere.

Quella donna viveva per noi e con noi da un'eternità; di una bontà e di un'abnegazione sovrumane, ormai gobba e divorata dall'artrite, si ostinava a prestare servizio per sentirsi ancora utile.

Ora capivo perché mio padre entrando in casa diceva: «Aprite le finestre, c'è puzzo di Lidia!», riferendosi a un cocktail mortale di colonia alla lavanda, pipì di gatto e puzzo di culo.

Il mio cervello in quei lunghi mortali minuti che mi separavano dalla stanza di mia madre cercava disperatamente di difendersi creando immagini allegre.

Non riuscivo neanche a pensare a una qualunque delle esperienze fatte in anni di pellegrinaggio.

Ero mangiata viva dall'angoscia.

ARSENICO E VECCHI RANCORI

Ero arrivata da mezz'ora e volevo già scappare.

Mi sembrava di essere entrata nella casa di Maria Callas dopo la morte di Aristotele Onassis.

Il mio cinismo scaturiva dalla disperazione, ne ero certa, ma che altro potevo fare, ero sola contro la solitudine e non ero neanche tanto certa che mia madre mi volesse vedere.

Volevo Gregory.

Aprii la porta pianissimo e venni assalita dallo stesso strano odore di fiori marci che avevo sentito all'aeroporto.

E da Piccolo Rudy.

Uno stronzissimo yorkshire terrier che poteva abbaiare anche per mesi senza prendere fiato.

Quando mia madre non mi sentiva lo chiamavo Piccolo Rutto.

Mia madre era a letto, bianca come un fantasma ed estremamente invecchiata.

Appena mi vide, ebbe un'espressione di sorpresa incontrollata che, da veterana delle relazioni pubbliche quale era, mutò in un attimo in un impercettibile ghigno, ritornando poi a guardare il muro bianco.

«Sei dimagrita», disse.

"Bentornata a casa", pensai.

Non sapevo cosa dovessi fare, avrei dovuto abbracciarla? Dirle che mi dispiaceva? Lei non mi comunicava niente e io mi sentivo terribilmente confusa.

Quello che fu chiaro è che mi sarei dovuta preoccupare di tutti i dettagli del funerale.

Mio padre era morto d'infarto, non lo vedevo da sette anni e non lo avrei rivisto mai più.

In quanto a sensi di colpa ne avevo per almeno una quindicina d'anni di analisi.

Quando andai in ospedale a vederlo, mi sembrava impossibile che non si sarebbe mai più svegliato.

Fino all'ultimo minuto sperai che si fossero sbagliati, che un dottore mi sarebbe venuto incontro scusandosi per il banale caso di omonimia e mi avrebbe detto che mio padre stava bene e saremmo andati tutti a casa a far festa.

Ma non andò così.

Rimasi sulla porta mentre guardavo le infermiere sfilargli senza troppa grazia le lenzuola di dosso.

Avrei voluto dire: «Ferme… fate piano», ma non mi notarono nemmeno, per loro era solo un posto che si liberava.

Mi avvicinai e gli presi la mano. Il dolore mi stava ovattando la testa, non sentivo più niente tranne quella voglia di vomitare che ti prende quando il dolore è troppo acuto, quando sei cosciente di vivere un incubo e fai di tutto per svegliarti.

Sembrava sereno, aveva sempre tanti capelli, solo più bianchi, ed era ingrassato un po'. Buffo, lui che ci teneva così tanto alla linea.

Mi avevano assicurato che non aveva sofferto.

Magra consolazione.

Una parte di me sentiva di essere responsabile di quella

morte, causata, forse, anche dalle preoccupazioni che gli avevo dato.

Avrei fatto qualsiasi cosa per tornare indietro, ed essere più presente.

Allo stesso tempo mi chiedevo: quando mai mio padre si era preoccupato per me?

Perché non mi aveva mai cercata? Perché non avevamo provato a riavvicinarci, a riconoscerci prima che fosse troppo tardi?

Non potei far altro che buttarmi anima e corpo nell'organizzazione del più bel funerale che si fosse mai visto.

Glielo dovevo.

Qualcosa da far impallidire mia madre e le sue amiche del Circolo Ufficiali.

Ormai avevo inserito il pilota automatico e avevo deciso che fino alla fine non avrei versato una lacrima.

La cerimonia si tenne due giorni dopo, nella chiesa dove si erano sposati i miei.

Rimasi stupita dall'affluenza delle persone e da quanta gente lo amava e lo stimava.

Mia madre, vestita di Chanel, sembrava Jacqueline Kennedy.

Mi faceva incazzare tutto questo dolore ostentato da vedova inconsolabile, lo sapevano tutti che da anni non dormivano nemmeno nella stessa camera e che mio padre aveva un'altra relazione già da prima della mia partenza.

Lei aveva avuto tutto il tempo per recuperare, io no.

Io, mia madre e Lalidia stavamo ferme vicino alla bara stringendo decine di mani, sorridendo con dignità senza renderci minimamente conto di quello che ci stava accadendo.

Lo facevamo e basta, come se ci fosse stato ordinato.

Finito il funerale ebbi il vero e proprio crollo e rimasi chiusa in camera per tre giorni a piangere sulle vecchie foto.

Anch'io avevo un cuore.

L'UOMO DEGLI AQUILONI

Il ricordo più vivo di mio padre era senza dubbio quello legato al mio periodo edipico, quando lo adoravo e mi fidavo ciecamente di lui.

Con l'arrivo delle vacanze estive venivo spedita in collegio, ma ricordo un'unica estate in cui fui stranamente esentata per tre mesi dai mille impegni della "bambina in carriera" e potei godermi la "serena" pace del focolare domestico composto da me, mio padre, mia madre e i cocci del servizio buono.

Un'estate magica, profumata di gelsomino, bomboloni alla crema, resina e asciugamani bagnati.

Mio padre ai miei occhi appariva semplicemente perfetto, nonostante non perdesse occasione per umiliarmi davanti agli altri bambini.

Lo perdonavo perché non avevo scelta.

E poi, se lo diceva lui doveva essere vero.

Le sue canzoni preferite erano rimaste quattro per tutta la vita: *Fernando* degli Abba, *Wuthering Heights* di Kate Bush, *Un amore così grande* di Mario del Monaco e *September Morn* di Neil Diamond.

Le cantava in bagno la mattina facendosi la barba e io mi alzavo apposta per sedermi sul divano e guardarlo ancora tutta assonnata, col mio orso in braccio e il pollice in bocca (che ho succhiato fino a nove anni...).

Lui cantava e si muoveva buffo e io ridevo come una matta.

Quell'estate mi costruì un immenso aquilone verde e blu e passavamo giornate intere a farlo volare.

Solo più tardi capii che avrebbe fatto qualunque cosa pur di non stare con mia madre.

In seguito lo vidi sempre meno, ricordo che stava spesso lontano per viaggi di lavoro o per giocare a golf o semplicemente per stare lontano.

Era un bellissimo uomo, cosa che mi inorgogliva immensamente, capace di fare qualunque cosa, indomito *tombeur de femmes*, igienista, salutista e socialista, gran sfasciatore di macchine e in un paio di occasioni, dei canini di mia madre.

Ero stata sicuramente una gran delusione per lui, non ero diventata presidente del consiglio, non avevo scoperto la cura contro il cancro e non avevo vinto l'Oscar. Gli avevo solo voluto bene, ma non so se l'aveva mai saputo.

Non era stata cattiveria la sua, solo, credo, vanità.

In ogni caso preferivo ricordarlo come "l'uomo degli aquiloni", quello che poteva rendermi felice con un sorriso.

Sfogliando gli album di foto, quella notte, mi vidi così piccola e indifesa con le codine, gli zoccoletti rossi e la bocca sporca di Nutella che mi riempii di tenerezza.

Mi addormentai pensando a mia madre, cercando di trovare un modo per stanarla dalla caverna della depressione, cullata dal rassicurante suono dei piatti che Lalidia frantumava asciugandoli.

ONDE

La mia vita nel giro di settantadue ore si era completamente trasformata.

Avevo girato il mondo e me l'ero cavata benissimo, mille volte mi ero trovata in difficoltà in un paese straniero e ce l'avevo fatta, potevo affrontare qualunque calamità naturale, ciclone, terremoto, carestia, ma non potevo affrontare mia madre.

Eppure, sapevo che non sarei potuta andare avanti finché non avessi affrontato tutte le onde del mio passato.

La mattina mi alzavo presto e aiutavo Lalidia nei lavori di casa, poi preparavo la colazione a mia madre e gliela portavo in camera; davo un piccolo, ma intimidatorio calcetto al cane e mi sedevo cinque minuti sul bordo del letto per vedere come stava.

«Come stai?»

«Aspetto di morire».

«Va bene mamma».

E silenziosamente sparivo.

Tutte le mattine così.

Mi chiedevo di continuo se era stato davvero un grande amore il loro, e se sì, perché non me n'ero mai accorta?

E soprattutto, quanto avrei resistito in quella casa?

Un altro problema che mi trovavo a dover affrontare ora era il mio futuro.

Non me n'ero mai preoccupata prima, ma adesso, risucchiata com'ero dal mio passato, ricominciavo a sentirmi in dovere di dimostrare qualcosa, sentivo di essere giudicata ancora come la bambina che non faceva i compiti, la deludente, la pecora nera, e tutta quella enorme casa trasudava episodi che avrei voluto dimenticare.

Capii che ero ad un punto morto e che dovevo ricominciare tutto da capo.

Ma come?

Così un mattino varcai la soglia dell'agenzia di lavoro temporaneo gestita da Fabrizio.

Quando mi chiese cosa sapevo fare gli dissi in tutta onestà che, nonostante fossi in grado di sopravvivere in un'isola deserta con soltanto un cerino e un pezzo di corda a disposizione, non ero in grado, a casa mia, di fare neanche una fotocopia.

Nel mio curriculum alla voce «esperienze professionali» scrissi che sapevo ballare, cantare, scattare e sviluppare fotografie artistiche, sapevo fare i massaggi (ma questo, capii più tardi, non era il caso di segnalarlo), sapevo usare un coltello a serramanico (e neanche questo era il caso di scriverlo), pescare, suonare la chitarra e masterizzare cd.

Fabrizio mi prese subito in simpatia, poiché sembravo un caso disperato, e decise di occuparsi di me.

Il primo lavoro che mi propose fu la promozione di formaggi in un centro commerciale.

Dovevo stare tutto il giorno in piedi in tailleur blu, a fare assaggiare pezzi di Asiago alla gente che quando capiva che era gratuito assaliva lo stand.

Avevo una provvigione dell'un per cento su ogni forma venduta.

Secondo Fabrizio era importante che riprendessi il contatto con la realtà, quello che non capiva era che questa non era una buona ragione per affibbiarmi dei lavori di merda.

Il secondo lavoro fu come commessa in un negozio di abbigliamento.

Era un negozio di vestiti trasformabili inventati da uno psicopatico americano.

La collezione consisteva in un certo numero di pezzi elasticizzati che pretendevano di vestire tutte le taglie.

Il primo giorno di lavoro fui accolta dalla boss che mi fece subito troppi complimenti per essere vera.

Mi comunicò che dovevo vestirmi con gli abiti del negozio e per facilitarmi il compito li avrebbe scelti lei per me.

Mi diede un pantalone di cotone a palloncino con elastico in vita che avrebbe potuto comodamente contenere me, Yoghi, Bubu, il Ranger e il cestino della merenda, una bella felpa sintetica a pois arancioni che mi fece allergia dopo cinque minuti, e il pezzo forte: una pancera in vita che rappresentava il cavallo di battaglia dell'azienda perché potevi usarla come minigonna, fascia per i capelli e top.

Sembravo un pirata.

Il lavoro era scarso e nel minuscolo negozio eravamo in cinque, così, quando non c'erano clienti, dovevamo fingere di vendere fra di noi.

Giocare a vendere a dieci anni è una cosa, mentre a quasi trenta è tutto un po' strano.

Durante le lunghe ore di lavoro, alienata dalle luci al neon, mi ripetevo ossessivamente come un mantra le magiche parole: «Ma chi me l'ha fatto fare?».

Dopo due mesi di agonia, entrai come una furia nell'ufficio di Fabrizio imprecando come uno scaricatore di porto e scaraventando per terra la foto che teneva sulla scrivania, quella con la moglie e i figli.

Me lo avrebbe visto fare molte altre volte, tanto che smise di ricomprare il vetro.

Non so perché me la prendevo sempre con la foto della sua famiglia, forse perché così esorcizzavo un po' la mia.

In ogni caso Fabrizio si comportava ogni volta come un vero fratello e con la pazienza di una maestra d'asilo mi consolava, mi tirava su il morale e mi proponeva un altro lavoro schifoso.

Un giorno, mentre lavoravo da un fioraio (perché secondo Fabrizio avevo bisogno di liberare la mia creatività, ma anche di tenere le mani impegnate… come si fa coi pazzi, aveva aggiunto in un secondo momento) entrò una bella ragazza bionda con i capelli lunghi tenuti legati in una treccia sulla spalla sinistra, gli occhi verdi e un lungo soprabito di camoscio molto elegante.

Ci guardammo per alcuni secondi e poi scoppiammo a ridere.

Era la bambina bionda seduta accanto a me al primo banco alle elementari, Elisabetta, la mia amica d'infanzia.

Ci raccontammo un po' di cose, lei nel frattempo era diventata psicologa, aveva comprato una casa e stava per sposarsi, io nel frattempo ero solo diventata più alta.

Quell'incontro mi aveva gettato nel più totale sconforto.

Perché mai contava solo quello che facevo e non quello che ero e perché mi sentivo così a disagio quando mi chiedevano di cosa mi occupassi?

Se avessi avuto lo scatolone del televisore mi ci sarei infilata dentro!

STANISLAVSKIJ

Chiedete a chiunque come fare per conoscere gente nuova e vi risponderà: iscriviti a un corso di teatro.

Il "Maestro", un uomo decrepito in avanzato stato di decomposizione, mi sottopose a un estenuante colloquio "motivazionale" durante il quale mi chiese di «fare finta di essere una rockstar» incitandomi a rotolarmi per terra suonando un'immaginaria chitarra (elettrica aveva precisato).

Non poteva semplicemente toccarmi il culo?

Una volta annotati minuziosamente tutti i miei dati su un taccuino ed essersi fatto consegnare ottocento euro in contanti con stretta di mano accademica, alla mia telefonata per sincerarmi dell'inizio delle lezioni rispose: «Sì, ricordo che abbiamo fatto qualcosa di interessante, ma non ricordo cosa...».

Cominciamo bene...

La mia prima impressione fu quella di essere capitata in un gruppo di auto aiuto, tipo gli alcolisti anonimi.

Le ragioni che spingevano tutti i presenti, me compresa, a studiare recitazione in tarda età erano le più disparate e disperate.

Prima fra tutte le ragioni-scusa era il bisogno di esprimersi. In realtà ci sentivamo tutti così soli.

Il Maestro alla prima lezione entrò brillando di luce propria completamente vestito di bianco, preceduto da un immaginario rullo di tamburi.

Ci fece sedere in cerchio e, a turno, alzandoci in piedi dovevamo raccontare perché eravamo lì.

Un paio di ragazze dissero di voler fare del cinema e furono cacciate malamente, un altro non parlava una parola di italiano, ma essendo figlio di un ambasciatore poteva far comodo, una tizia svenne tre volte prima di dire che ce l'aveva mandata la sua psichiatra, infine c'erano quelli che chiamavo i "tappetini", cioè quelli che vivevano nella luce riflessa del maestro e che, nella vana speranza di essere raccomandati un giorno per un provino in *Distretto di polizia*, gli leccavano platealmente i piedi.

Il Maestro ci assicurò che solo grazie a lui attori e attrici del calibro di Brad Pitt e Julia Roberts erano diventati così grandi e se volevamo diventare altrettanto famosi dovevamo sputare sangue.

Così dicendo indicava con la punta del suo bastone la minacciosa scritta alla lavagna "Non esistono piccole parti, esistono solo piccoli attori".

Mi sfuggiva la ragione per cui l'insegnante di Brad Pitt facesse lezione in un umido sottoscala di periferia, ma decisi di non indagare e di gustarmi questa nuova, esilarante esperienza come sempre facevo, osservando dal mio angolino.

Cominciammo con alcuni semplici esercizi da lui inventati che erano un patetico misto di yoga, Qi gong, training autogeno e altre cagate orientali.

Ci fece stare in piedi su una gamba sola stendendo un braccio avanti e uno indietro, a occhi chiusi, visualizzando un punto situato vicino all'osso sacro (da dove le sue idee scaturivano) per un numero indefinito di secondi.

Dopodiché ci fece rannicchiare come se la stessimo facendo dietro a un albero, sempre a occhi chiusi e sempre visualizzando il punto misterioso, infine ci fece raccontare l'esperienza.

Fu il delirio generale, chi diceva di aver avuto una visione, chi le vertigini, chi calore alle mani, chi era rimasto bloccato…

I "tappetini" fecero a gara per trovare nuove e argute intuizioni del tipo «sensazione di risucchio transitorio in un vortice mistico» e «espansione di calore in forma sferica», facendo letteralmente godere il vecchio rimbambito.

Io, che per natura non sopportavo i buffoni, tremavo aspettando il mio turno, cercando di inventare qualcosa per farlo contento.

Toccava quasi a me quando, nel silenzio generale, la ragazza alla mia destra li guardò tutti uno per uno ed esclamò: «Secondo me vi drogate pesantemente!».

Capii subito che saremmo diventate amiche.

EMMA

Bipolare.

Così la definì Elisabetta quando la conobbe e in effetti corrispondeva in tutto e per tutto al suo profilo psicologico.

Non poteva stare due giorni di fila senza litigare con qualcuno, colorarsi i capelli, cambiare totalmente opinione su qualcosa per cui il giorno prima avrebbe ucciso o comportarsi come il personaggio di qualche commedia teatrale.

Su una cosa però rimaneva coerente: voleva fare l'attrice.

Nessuna di noi ha mai capito se lei avesse o meno talento, ma, considerato quello che si vede in giro, perché no?

Il corso al quale ci incontrammo era probabilmente il suo millesimo.

Quando la conobbi aveva trent'anni e forse, se non c'era riuscita allora, c'erano poche speranze, ma lei portava sempre come esempio Jessica Tandy, l'attrice di *A spasso con Daisy* che aveva vinto l'Oscar a ottantadue anni (e che era morta un mese dopo però).

Aveva frequentato decine di corsi di teatro e non ne aveva terminato mai uno, perché finiva sempre col mandare affanculo l'insegnante, specialmente se non sceglieva lei come prima attrice.

Era brava nelle scene isteriche.

I suoi cavalli di battaglia erano Martha di *Chi ha paura di Virginia Woolf?* e Blanche du Bois di *Un tram chiamato desiderio*, tutte donne sull'orlo di una crisi di nervi ovviamente.

La vita non era stata buona con lei, ma questo all'epoca non lo potevo sapere.

Elisabetta mi era grata del fatto che le avessi presentato Emma, perché le avevo fornito materiale prezioso per i suoi studi e non era raro che a volte quando uscivamo tirasse fuori un blocco per annotare degli appunti.

Se Emma avesse saputo che anziché diventare la protagonista di un saggio di fine anno sarebbe diventata la protagonista di un saggio di psicanalisi, non so se ci avrebbe considerato sue amiche. Comunque la sera che la conobbi aveva colto nel segno: eravamo un gruppo di imbecilli intorno ad un furbo che si sarebbe costruito una piscina grazie alla nostra ingenuità.

Mi trascinò via da lì e le sono tuttora riconoscente.

Passammo una serata indimenticabile durante la quale mi raccontò tutta la sua vita. E quella sera Emma conobbe Antonio.

«Sai cos'è…?», biascicò Emma al terzo gin tonic in un bar del centro. «Io mi annoio di tutto… è il mio problema. Mi annoia la gente, gli uomini, questo posto… Ho bisogno di continui stimoli… di motivazione, la mediocrità mi uccide», con un'aria da diva maledetta e una erre leggermente moscia che fino ad allora non avevo notato.

All'improvviso un'American Express Platinum planò fra di noi seguita da un braccio peloso.

«Chebbevete?», fece il proprietario del braccio con accento del sud.

«Io passo, sto bene così grazie», risposi.

«Una coppa di Crystal», disse Emma strizzandomi l'occhio.

Una coppa di Crystal?!

Stava chiedendo lo champagne più caro dell'universo a uno sconosciuto.

Be', in fondo se l'era cercata…

«Crystal? E chi è un amico tuo?».

Emma scoppiò a ridere convinta che lui avesse fatto una battuta…

Nel giro di due minuti si era già appartata con il "principe delle maree" e a me era toccato l'amico che continuava a scrivere messaggi al cellulare.

Quando si degnò di alzare la testa un attimo per chiedermi cosa facevo nella vita risposi:

«La truccatrice».

«Ah bello… lavori in qualche agenzia di modelle?»

«No, alle pompe funebri».

Gelo.

Rimase interdetto per alcuni secondi, poi disse: «Che trucchi i morti?»

«Pagano bene… e poi nessuno si è mai lamentato».

Andò in bagno e non lo rividi mai più.

In compenso feci appena in tempo a vedere Emma, tutta sorridente e ubriaca fradicia, che stava uscendo con il suo nuovo amico.

Il resto me lo raccontò l'indomani.

Mentre si baciavano in mezzo alla strada lei, testuali parole, si sentì «la testa nel culo di un paracadutista», dopodichè gli vomitò sulla camicia e collassò per terra.

Il suo cavaliere, dopo essersi pulito su di lei, provò a scuoterla, le diede un paio di calci di incoraggiamento e infine le sussurrò le parole d'amore: «Alzati cretina o ti lascio qua!».

Lei si innamorò in quel momento.

La portarono in ospedale al limite del coma etilico e naturalmente lui ammise di non averla mai vista prima.

Colto poi da uno scrupolo di coscienza, ma soprattutto per evitare eventuali noie con la legge, l'indomani passò a sentire se era ancora viva.

La trovò che stava uscendo e lei si convinse che lui fosse innamorato.

E non che fosse uno stronzo.

Uno stronzo sposato.

PAURA

La vita a casa era strana.

Tutte noi ci muovevamo come delle ombre, ognuna nel proprio territorio.

Mia madre viveva prevalentemente in camera sua. Lalidia in cucina. Io alla finestra di camera mia a guardare fuori come un uccellino in una gabbia aperta che vorrebbe uscire, ma si sente in colpa nei confronti del suo padrone.

L'incontro dal fioraio con Elisabetta mi aveva fatto ricordare che un'altra delle cose che ci aveva unito durante gli anni bui della nostra infanzia erano le storielle allucinanti che ci raccontava Lalidia prima di farci addormentare.

Ce le raccontava con la sua voce acutissima e un po' stridula perfetta per un film di Dario Argento.

Ho già detto che i miei in quanto ad apparizioni erano meno assidui della Madonna di Fatima e anche i genitori di Elisabetta erano molto forti in questo genere di numero.

Quando mia nonna non era disponibile, la responsabilità di noi piccole ricadeva su Lalidia.

Lei insisteva tanto per stare con noi che mia madre si commuoveva e acconsentiva, felice del fatto di aver risparmiato i soldi della babysitter anche quella volta.

Lalidia sosteneva di essere una nobildonna decaduta e di

aver conosciuto un passato fatto di principi, castelli e boschi incantati, finché la malasorte aveva funestato la sua vita a tal punto da ridurla in disgrazia e costringerla a fare la domestica.

Quello che guadagnava lo spendeva per mantenere diciotto gatti.

Ci preparava sempre una deliziosa cenetta a base di uova al tegamino bruciate e quando era l'ora di andare a letto scattava l'operazione favola.

Le sue preferite erano queste:

Il laghetto

«Da bambina un giorno stavo seduta sul bordo del laghetto nel mio parco a pettinare la mia bambola.

La mamma mi aveva messo il vestitino preferito, quello con il pizzo e le trine e le belle scarpine di vernice.

A un certo punto mi cadde il pettine nell'acqua, allora misi le mani dentro per cercare di riprenderlo, quando due mani mi afferrarono i polsi e mi trascinarono nel fondo del lago!».

E qui io ed Elisabetta mettevamo la testa sotto le coperte e urlavamo, ma lei imperterrita proseguiva con la sua seconda storia preferita:

La stanza buia

«Avevo diciassette anni e con i miei amici e il mio fidanzatino andavamo sempre in una casa abbandonata che si diceva fosse stregata.

Il mio fidanzatino per farsi bello ai miei occhi si fece chiudere per scommessa dentro una stanza dove non si doveva entrare. La stanza era completamente vuota e nessuno aveva la chiave, a parte noi che dormivamo fuori della porta.

La notte passò tranquillamente e la mattina, quando, tutti euforici, andammo ad aprire, lo trovammo morto stecchito con la bocca aperta come se stesse gridando.

Non aveva più gli occhi!».

E chi dormiva più?

Già soffrivamo di ansia per tutta una serie di motivi indipendenti dalla nostra volontà e in più ci si metteva la sorella suonata di Edgar Allan Poe a peggiorare le cose.

La nostra infanzia era stata una specie di cospirazione fra mentecatti in cui tutti, dai familiari ai conoscenti, avevano fatto qualcosa per renderci le cose più difficili, un pò come nella favola di Jung in cui il papà dice al bambino: «Buttati, non avere paura, ci sono io che ti prendo!»; lui si butta, il papà si sposta e il bambino si spiaccica per terra e il padre di nuovo: «Perdonami, ma prima sono dovuto andare a prendere tuo fratello, non succederà più, lo giuro, dai, fidati!».

Il bambino fiducioso si rialza e si butta di nuovo e... *bum* seconda boccata e così via per l'eternità.

Chissà come ne era uscita Elisabetta, forse nella psicanalisi aveva trovato delle risposte, forse era riuscita a trovare il famoso libretto delle istruzioni che nella mia culla non c'era, quello dove ti spiegano come si fa a vivere, come ci si comporta con gli altri, come si gestisce l'Edipo e così via.

Mia madre era contraria alla psicanalisi, la definiva il male del secolo, ma forse rivedere Elisabetta, che non vedeva da vent'anni, l'avrebbe aiutata a ricordare qualche momento sereno in cui anche noi due andavamo d'accordo.

Decisi allora di organizzare una cena invitando le uniche persone che frequentavo dal mio ritorno: Elisabetta, Emma, Antonio, l'impareggiabile Lidia e, naturalmente, mia madre.

LA CENA DELLE BEFFE

«Lalidia cosa ne pensi se invitassimo a cena Elisabetta?».

Rifletté come per la mossa decisiva in un campionato di scacchi.

«Elisabetta… Elisabetta…», cercava invano.

«Dai non ti ricordi? Elisabetta».

«Ma… veramente l'unica Elisabetta che conosco è la regina d'Inghilterra… Vuoi forse fare un ricevimento? Oh, sarebbe così eccitante, ricordo l'ultima volta che siamo stati ricevuti a Corte era il 1965 o il '64…».

La speranza di avere un aiuto per la cena era miseramente sfumata dentro ai vortici del suo delirio, adesso la cosa più difficile era tirare mia madre fuori dal letto, renderla presentabile e convincerla a deporre il lutto.

Almeno per una serata.

Mi rendevo conto che l'accomunare personalità così nevrotiche e narcisiste era un rischio enorme, ma contavo molto su Elisabetta e sul Prozac che portava sempre con sé.

La pianificazione del menù mi aveva preso diversi giorni.

Sapevo che mia madre non avrebbe perso l'occasione per bacchettarmi a ogni mia mancanza, le sue cene erano infatti famose per lo stile impeccabile.

La informai a circa tre giorni dall'evento, sgusciando in camera sua di prima mattina con nonchalance, aspettandomi di venire tramortita dal vassoio della colazione.

La vecchia volpe invece parve compiaciuta e subito mi chiese cosa avrei cucinato per cena.

E che palle, ci fosse stato qualcuno che si fosse offerto di darmi una mano!

Biascicai tre nomi di piatti che avevo sentito dire in giro per il mondo senza saperne assolutamente il contenuto, nella speranza che non le fosse venuto in mente di scriverseli.

«Mmh, speriamo di non essere avvelenati!», fu il suo commento.

«Non mi aspetto tanta fortuna», risposi tra i denti.

Scesi giù per cominciare le pulizie.

Mi ci vollero due giorni interi solo per pulire la sala da pranzo e rimediare un servizio di piatti più o meno decente, dovevo mettere a tavola sei persone e una era mia madre.

Feci la spesa come se avessi dovuto cucinare per il presidente degli Stati Uniti e tutta la Casa Bianca spendendo un mese di paga.

Era esagerato, è vero, ma poi in casa con mia madre e il fantasma di mio padre ci dovevo stare io!

Sarebbe stato capace di venirmi in sogno per un mese intero canticchiando: «Hai bruciato l'arrosto pappappero!».

Comprai vino bianco, rosso e champagne, affettati, salmone e pesce spada affumicato, pane integrale, grissini e focaccia, impasti vari per crostini, vol au vent, antipasto di pesce, cucinai un risotto al tartufo bianco e tagliolini con zucchine e gamberi, guazzetto di seppie e funghi, arrosto con patate e verdure di contorno, e due tipi di dolce con vino abbinato.

Ero così fiera di me che non poteva andare male.

La prima ad arrivare fu Elisabetta.

Lalidia le fece più feste che il cane Argo quando riconobbe Ulisse. Poi arrivarono Emma e Antonio che avevano cominciato a litigare fuori della porta.

Quando aprii li vidi terribilmente tesi, li presi sotto braccio con la scusa del bacetto e sorridendo a denti stretti dissi: «Se avete in mente di rovinarmi la cena sappiate che non uscirete vivi di qui».

«Stai tranquilla», disse lui.

Sembrava una minaccia.

Ci accomodammo nel salotto buono, quello con le poltroncine Impero che costavano una fortuna e perciò scomodissime. Lalidia ci portò gli aperitivi e scese il silenzio.

Quella casa avrebbe intimidito anche un gruppo di Hooligans ubriachi!

Finalmente dopo una strategica mezz'oretta di ritardo scese mia madre.

La vigliacca, che fino a due ore prima era la vedova inconsolabile, ebbe il coraggio di presentarsi in abito da sera di alta sartoria, parure di perle e tacchi alti.

«Ragazzi… questa è mia madre».

Tutti si voltarono a guardarla fare la sua entrata divina, scendendo le scale con misurata lentezza.

Tutta sua madre.

Ci mettemmo a tavola.

Lalidia, che era mia ospite (e ancora un po' confusa sull'arrivo della regina), non serviva a tavola.

Mi ritirai immediatamente in cucina a prendere gli antipasti quando sentii Emma dire: «Ma che bella casa "snob" che ha, signora!».

«Snob?», ripeté mia madre.

«CHIC!», urlai dalla cucina «voleva dire CHIC mamma, vero Emma?!».

«Assolutamente sì!», assicurò Emma.

Stavo sudando freddo.

A salvarci dall'imbarazzo arrivò il cellulare di Antonio che cominciò a squillare con una suoneria che diceva «Juve alè Juve alè!».

Si alzò per rispondere, ma, per come parlava forte lo sentivamo come se fosse rimasto a tavola.

Mentre cercavamo di conversare venivamo interrotte da frasi tipo: «Coooomo? A ma' che cazz't'accund', i'n' l' sacc'!».

«Ma non è italiano?», chiese mia madre, che era una iena.

«No, è pugliese, ma lo stiamo ammaestrando», rispose Emma, che non era da meno.

Antonio tornò a sedere e cominciammo a mangiare.

«Allora Elisabetta, come sono contenta di vederti, in cosa ti sei laureata poi?», disse mia madre.

«Veterinaria!», dissi io e mi morsi la lingua subito dopo perché la risposta fu:

«Ma è meraviglioso, ti porterò Piccolo Rudy... sai che in questi giorni non è stato per niente bene, eh? Picci picci della mamma...», disse prendendo il cane in braccio. «Ma tu guarda, avrei detto che avresti studiato psicologia, sei sempre stata così intuitiva... Pensa che tutte le mie amiche del Rotary hanno deciso di entrare in analisi e cercano una buona terapeuta, c'è di che coprirsi d'oro, magari tu ne conosci qualcuna...».

E cominciò a spiegarle tutti i sintomi della gastrite del cane e a chiederle ogni sorta di consiglio. «Veterinaria eh?», bisbigliò minacciosa Elisabetta passandomi il pane.

Emma si era scolata già una bottiglia di champagne come fosse acqua e stava passando al rosso, quando ci raccontò della sua ultima audizione.

«Sono stata a fare un'audizione per un musical».

«Un musical? Ma sai anche ballare e cantare?», chiese Elisabetta.

«Assolutamente no», rispose, «ma è fondamentale per la mia professione che io sappia fare qualunque cosa».

Era la settimana dell'«assolutamente»: ogni tanto si affezionava a una parola e la infilava dappertutto.

«Che bello e com'è andata?», incalzai.

Emma, euforica per essere riuscita a distogliere per un momento la nostra attenzione da mia madre, si lanciò in una sperticata descrizione del suo provino.

Quando sentiva arrivare i suoi quindici minuti di notorietà cominciava a parlare a ruota libera. Esagerava ogni dettaglio, ti ubriacava di parole facendo sempre bene attenzione ad inserire una pausa fra una battuta e l'altra, per dare al suo pubblico il tempo di ridere.

Aveva i tempi giusti.

«Dunque… nell'annuncio chiedevano livello medio di danza classica e tip tap. Dovevo portare un pezzo cantato di un musical a mia scelta. Avevo capito che bastava saper ballare un po', ma non certo come una prima ballerina della Scala, giusto? Sennò l'avrebbero detto. Ecco. Sono rimasta un po' in dubbio se rimanere o no e poi mi sono detta: cosa ci sarà mai di difficile?

Sono entrata in sala e c'erano duecento ballerine professioniste con tutu, scarpette da punta e crocchia… e io con la tuta da ginnastica e le scarpe da aerobica.

Tutte si stiravano e si allungavano, io non credevo nemmeno che con le gambe si potessero fare certe cose! Mentre fingevo di riscaldarmi anch'io è arrivato l'insegnante a farci vedere la coreografia. "Sussù ragazze adesso voi mi fate tre sciassé, poi un padeburé e un arabesc', quattro fuetté e finite in attitud, ve lo mostro una sola volta perché tanto è facile".

Mi sono avvicinata a una ragazza e le ho sussurrato: "Scusa... che ha detto?".

Quella stronza invece di aiutarmi mi ha squadrata da capo a piedi e si è voltata dall'altra parte, volevo spaccarle la faccia!

Ormai ero lì e non potevo fare la figura della cacasotto, quindi ho pensato di nascondermi dietro qualcuna brava e di copiare, ma quel finocchione sadico mi ha vista in difficoltà e sapete cosa ha fatto?

Mi ha messa al centro della sala e mi ha fatto ballare la sequenza da sola...

Alla fine mi ha detto che non cercavano una ballerina comica... Una figuraccia di merda ragazzi... ridevano tutti».

«E sei andata via?»

«Assolutamente no, soprattutto quando ho saputo che stavano cercando una sostituta per la parte di Rizzo in Grease.

Quello era proprio il pezzo mio, ho pensato che fosse un segno del destino!

Pensavo già a quando avrei rilasciato interviste dicendo che il coreografo voleva scartarmi e dopo avermi sentita cantare era corso a pregarmi di firmare il contratto.

Solo che quando sono entrata nella sala e ho messo il disco ho sentito quelli della selezione dire: "Mmm ancora sto pezzo? Che palle!", ho capito che forse anche quello era un segno.

Dopo una sola strofa hanno abbassato la musica e hanno detto che bastava così».

«E tu come ti sei sentita?», chiese Elisabetta che dopo

aver perso tutte le potenziali clienti rotariane fremeva dalla voglia di cominciare la terapia con Emma.

«Ho capito che sono tutti degli imbecilli e se non sanno riconoscere il vero talento è un problema loro. La settimana prossima ci riprovo», disse fiera.

La sua coerenza non faceva una grinza.

«Juve alè Juve alè!», urlò ancora il cellulare di Antonio, ma stavolta non si alzò da tavola e parlò dal suo posto con la madre come se dovesse farsi sentire fino in Puglia.

Mia madre, per riprendersi la scena, cominciò a raccontare le storie dei suoi viaggi con mio padre in giro per il mondo in yacht.

Sarebbe andata avanti per ore e temevo che sarebbe partita l'operazione "Mille diapositive".

Morivo dalla voglia di raccontare qualcosa anch'io dei miei viaggi, ma non mi sentivo tranquilla, mia madre metteva sempre bocca in qualunque situazione, e il fatto che non mi avesse ancora chiesto niente dei miei anni fuori casa era il segno che mi disapprovava.

Ci provai comunque.

«Sapete, quando vivevo in Spagna ho ballato anch'io con una compagnia, facevo Carmen».

«E con chi hai ballato con Joacquin Cortes?», ironizzò mia madre.

«No, era una piccola compagnia, ma il coreografo era molto bravo comunque», ribattei un po' delusa.

«Allora sarà stata una di quelle compagnie paesane che ballano alle sagre, quando andavo in Spagna con tuo padre in Costa Brava ce n'erano tante».

«Non era una compagnia paesana, mamma, era una compagnia normale e ballavamo nei piccoli teatri».

«Eh, lo vedi, piccoli teatri o sagre è la stessa cosa, sono quelle cose per amatori».

Cominciavo a odiarla, no, in effetti avevo cominciato molto tempo prima.

Sapevo che da lei potevo aspettarmi solo questo.

La demolizione assoluta.

Anche gli altri si accorsero che era scorretta.

«Vabbè mamma come vuoi, era una compagnia di sfigati se sei più contenta!».

«Ma non ho mai detto questo, tu prendi sempre le cose per il verso sbagliato, come se ti volessi offendere, era per dire che magari questa compagnia non era famosissima».

«Qualcuno vuole il dolce?», dissi alzandomi.

«Ma dai come sei permalosa, non ti si può mai dire nulla, dimmi come si chiama questo coreografo, così se lo vedo…».

«Non lo vedrai più mamma perché è morto».

E scese di nuovo il silenzio.

Mi alzai per portare via i piatti ed Elisabetta mi seguì in cucina per chiedermi se avevo bisogno d'aiuto per sopportarla, ma per il momento volevo fare da sola.

Intanto, di là, Emma aveva preso le mie difese.

«Ma lei signora è sempre così acida o solo quando si mette le perle? Sua figlia stava semplicemente raccontando una cosa e lei l'ha stroncata! Noi siamo stati zitti quando lei raccontava quelle storie pallose di suo marito e i vostri amici puzzoni a Montecarlo».

Oddio, questi erano gli effetti dell'alcool e io non avevo fatto in tempo a intervenire.

«Senti un po' signorina, ma chi credi di essere per venire in casa mia a mancarmi di rispetto?»

«Lo sa chi mi ricorda lei? Il film delle *Fate ignoranti* dove Margherita Buy diceva che il suo adorato marito morto era stato tanto innamorato di lei e poi viene fuori che era omosessuale!».

...Ora però infamare la memoria del povero babbo che non poteva più difendersi mi sembrava troppo.

«Ma io non ho capito», disse Lalidia risvegliatasi dalla catalessi, «le fate ignoranti vuol dire che le fate sono ignoranti o che voi fate le cose in modo ignorante?».

Minuto di silenzio e poi risate generali.

Per fortuna che l'omino nel cervello di Lalidia era arrivato in tempo a salvare la situazione.

Mia madre comunque si era rabbuiata, e poco dopo salutò e andò a letto.

Dissi ad Emma che avrebbe fatto bene a telefonarle per scusarsi il giorno dopo, ma quando era ubriaca era inutile ragionarci.

Continuava a biascicare frasi sconnesse circa la corruzione nel mondo dello spettacolo e la mancanza di agenti seri.

Elisabetta era entusiasta per aver raccolto tanto materiale, io invece, profondamente frustrata, avevo avanzi per una settimana, una madre depressa e incazzata e l'indomani avrei dovuto cominciare un nuovo lavoro per conto di Fabrizio.

Andai a letto pensando a un'unica frase: che vita di merda!

TAGLIE FORTI

La mattina dopo mi alzai in ritardo e non feci in tempo a vedere come stava mia madre e in un certo senso fui sollevata, sapevo che sarebbe stata dura sopportarla.

Quando arrivai in ufficio vidi Fabrizio gongolante per via di un nuovo e poco impegnativo lavoretto che si vantava di avermi trovato.

Questo lavoretto consisteva nel fare il manichino per una ditta che produceva vestiti per taglie forti.

Gli chiesi se fosse diventato scemo, ma lui disse che era perfetto: non dovevo fare assolutamente niente e pagavano bene.

«Ma io non sono una taglia forte, spero che almeno questo tu l'abbia preso in considerazione», gli dissi.

«Non c'è problema, mi hanno assicurato che a questo ci penseranno loro, tu devi solo essere molto paziente perché starai ore e ore immobile mentre loro faranno le modifiche ai vestiti che ti metteranno».

Ma perché pensava sempre a me quando aveva per le mani una cagata?

Mi presentai alla ditta e con mia grossa sorpresa mi resi conto che non era uno scherzo, esisteva proprio un lavoro del genere.

Mi diedero un'enorme guaina di gommapiuma che avrei

dovuto indossare per simulare il grasso, un tailleur giallo pieno di bottoni, un paio di pantofole dorate.

Mi guardai allo specchio infagottata e goffa. Mi venne da piangere.

È vero, non dovevo fare niente, ma era un insulto alla mia intelligenza.

Pensavo a che faccia avrebbe fatto Gregory se un giorno fossi tornata da lui conciata così, anche se nelle Isole Bahamas pesare duecento chili è la regola, nutrivo comunque qualche dubbio sulla sua disponibilità!

Almeno avevo un buon argomento per far ridere mia madre. Oddio, ridere forse era una parola grossa, però avrebbe potuto riesumare la storia dei barattoli di Nutella e di com'ero grassa da adolescente.

Insomma un'umiliazione tira l'altra e in un batter d'occhio si sarebbe tirata su.

URNE TEMPESTOSE

Tornata a casa la trovai ancora in camera con Piccolo Rutto.

«Tu pensi che io sia cattiva con te, vero?», piagnucolò.

«Ma no, non penso che tu sia cattiva, però non ti rendi conto delle cose che dici e di come le dici. Per un'altra persona può essere importante una cosa che tu giudichi banale».

«Ma che avrò detto mai, che ballavi in una fiera paesana e allora? Non c'è niente di male a ballare alle sagre!».

«Non ballavo alle sagre mamma!», sospirai.

«E quella tua amica come mi ha trattata poi! E come ha insinuato che tuo padre non mi amasse davvero! Cosa ne sa quella matta, e anche tu, che gente frequenti? Sei stata via sette anni e ritorni come se nulla fosse, sei identica a tuo padre, non avete saputo fare nient'altro che scappare da me!».

A-ha!

Come avevo fatto a non accorgermi della sua irresistibile ascesa all'apogeo dei sensi di colpa, di cui era l'incontrastata primatista?

«Se la gente che dici di amare scappa, ci deve essere un motivo mamma».

E su questa frase cominciò a piangere come una vite tagliata.

«Ecco lo vedi? Non fai che rinfacciarmi che sono stata una cattiva madre!».

Mi chiedevo perché nei film quando il figlio diceva al genitore che aveva sbagliato con lui, quello subito gli dava ragione, si scusava e rettificava tutta la sua vita futura.

Nella realtà invece era un palleggio interminabile di «Tu hai fatto, no tu hai detto».

«Ma no mamma, non sei stata una cattiva madre».

Uffaaa!

Guardando la camera con più attenzione mi cadde l'occhio su uno strano vascello egizio grande quanto una scatola da scarpe tutto dorato e intarsiato con misteriosi geroglifici.

«Cos'è quello mamma, ti sei data al collezionismo?»

«No, quella è la mia urna cineraria. Per quando mi farò cremare».

LA MAMMA È SEMPRE LA MAMMA

Dovevo organizzarmi se volevo rimanere lì.

La mia cameretta era stata trasformata in studio... «Tanto tu eri partita...», e le mie cose riempivano una decina di scatoloni nel solaio, ma a me non importava più di tanto.

Preferivo una stanza sconosciuta e anonima al continuo ricordo di giornate sprecate a mangiare biscotti sognando di fuggire.

Forse mia madre l'aveva fatto con l'intento di farmi un dispetto, ma non lo avrebbe mai ammesso.

A nessuno serviva uno studio.

Non le avevo mai sentito chiedere scusa, si lagnava come una bambina capricciosa di quanto fosse infelice senza mai voler realmente reagire.

Feriva le persone consapevolmente, ma era «per il loro bene».

Se messa alle strette, ammetteva che forse aveva anche potuto fare uno sbaglio, ma sottolineava subito che non era colpa sua e poi, senz'altro, era meno grave di quella volta che tu... e cominciava a elencarti una serie di cose che avevi fatto in passato che non avevano attinenza, ma bastavano a farti saltare i nervi.

Era una bambina di sessant'anni.

Una bambina ancora alla ricerca dell'affetto dei genitori che non c'erano più e di un marito che pur vivendo una vita con lei era scappato già tanti anni prima.

Se cercavi di spiegarle che avrebbe dovuto cambiare atteggiamento, rispondeva qualcosa di molto esagerato e provocatorio del tipo «Sì hai ragione tanto sono un mostro!», seguito da «vedremo cosa sarai capace di fare quando avrai dei figli» e «chissà quando avrai la mia età cosa avrai combinato nella vita».

Un giorno o l'altro sapevo che avrei imparato a farmi scivolare addosso tutto quello che mi diceva, sarei diventata superiore o sarei riuscita a ribattere a ogni sua cattiveria con dignità senza sentire quel fastidioso nodo allo stomaco.

Per adesso non potevo far altro che cercare di capire le sue dinamiche.

Mia nonna era nata libera ed era vissuta felice anche se un po' sopra le righe e mia mamma aveva cercato di trovare se stessa in una madre lontana mille miglia.

Io stessa mi sentivo molto vicina alla nonna, ma dovevo vivere con mia madre.

E la sua urna cineraria.

INCONTRI RAVVICINATI

Erano passati sei mesi da quando ero tornata e avevo preso un certo ritmo.

Ancora non ero sicurissima di aver fatto la scelta giusta, ma mi sforzavo di pensarci il meno possibile.

Se mi mettevo a pensare a Gregory e alla nostra vita perfetta erano lacrimoni assicurati ovunque mi trovassi.

I primi tempi piangevo di continuo. Avevo pianto mentre facevo assaggiare l'Asiago al supermercato, mi ero sciolta in lacrime comprando delle scarpe da ginnastica del suo stesso modello e avevo smesso di andare al cinema perché tutti i film degli ultimi mesi li avevo già visti in anteprima con Gregory.

Ma non so per quale motivo piangere diventava sempre più difficile.

Se stavo sdraiata mi si tappava il naso e soffocavo, se stavo seduta invece tossivo, gli occhi mi si gonfiavano a dismisura e nemmeno un impacco di ghiaccio me li faceva tornare normali.

La mattina ero impresentabile.

Era così imbarazzante che dovevo programmare i pianti per il fine settimana, ma chi vuole piangere il fine settimana? Si è molto più depressi lunedì e martedì e a forza di rimandare avevo smesso.

All'inizio c'eravamo scritti spesso, poi a poco a poco sempre meno.

Le nostre vite si erano separate nel momento di massima intensità e questo ci aveva provocato un dolore immenso e scriversi per sottolineare la mancanza che provavamo l'uno per l'altra riapriva continuamente la ferita.

La consapevolezza di aver conosciuto il grande amore mi metteva in uno stato di indifferenza totale nei confronti di altri uomini che mi capitava di conoscere uscendo.

Ero così convinta che non avrei provato mai più niente di così intenso che non cercavo neanche di avere un'altra storia.

Inutile dire che sia Emma che Elisabetta mi disapprovavano profondamente.

Emma bazzicava ogni tipo di situazione purché estrema: dai centri sociali dove passava le giornate imparando a far roteare palle di fuoco, a qualche festa del bel mondo dove si presentava in abito nero e, sorseggiando Dom Perignon, si lamentava di come ormai a Porto Cervo ci fosse solo gentaccia.

Elisabetta e io ci guardavamo bene dal seguirla ai corsi di bongo e jonglage, ma se capitava una festa carina sapevamo che era divertimento assicurato.

Una sera Emma ci invitò a una festa che doveva veramente essere speciale. Così speciale che erano due settimane che ci martellava per paura che ce lo dimenticassimo.

Era una festa organizzata da una famosa agenzia di modelle. Sinceramente non capivamo il perché di tanta agitazione, ma Emma con la sua solita logica da psicolabile, ci aveva risposto che aveva bisogno di un nuovo book di fotografie e che sicuramente avrebbe trovato un fotografo e, perché no, qualche scrittura. In fondo aveva avuto un ruolo in *Il talen-*

to di Mr. Ripley (in realtà aveva solo fatto la comparsa) e per una stagione aveva interpretato Filomena Marturano. Per il resto, un'estenuante fila di provini e audizioni e di «Le faremo sapere».

L'evento si teneva in una villa gigantesca con un parco immenso e una piscina riempita di latte e petali di rosa in cui nuotavano modelle nude.

All'interno era stato riprodotto un ospedale, i camerieri erano vestiti da infermieri, indossavano guanti di lattice e servivano esclusivamente liquori trasparenti o succo di pomodoro nelle provette dell'analisi delle urine e del sangue.

Da mangiare ovviamente solo sushi e carpaccio con contorno di musica techno e pupille dilatate.

Emma sparì in un attimo, inghiottita da un'invasione di tette siliconate e camicie aperte su petti depilati e unti.

Notai che erano tutti giovanissimi e questo ci fece sentire teneramente fuori luogo, così ci mettemmo a un tavolo operatorio a fare tappezzeria.

Emma era una mina vagante, ogni tanto compariva per presentarci qualcuno tirandolo per la manica o per la cravatta urlando, nel casino della musica: «Questo è Matt, fa il produttore a Hollywood», oppure: «Lui è Gianfranco e fa il pierre!».

Sembrava una bambina che dice alla mamma «Guarda come sono brava a fare la spaccata!», e ci presentava le sue conquiste sperando nella nostra approvazione.

Soprattutto l'opinione di Elisabetta le faceva sempre un certo effetto.

Dopo un paio d'ore di agonia, la festa era nel pieno svolgimento.

Erano arrivati dei personaggi incredibili: coppie sadomaso

al guinzaglio, ragazze nude coperte di panna che si facevano leccare da tutti; intanto Elisabetta aveva tirato fuori il taccuino per cominciare un nuovo articolo sui disagi comportamentali fra gli adolescenti, da inviare a Raffaele Morelli.

Quando ecco che accanto a me venne a sedersi un ragazzo bello, bello da morire.

Alto, moro, con grandi occhi scuri, elegante, corpo alla Vin Diesel.

Cominciai a sudare freddo. Che avessi ancora un solo ormone in vita?

Ero più che disponibile a farmi mettere il guinzaglio e a farmi cospargere di panna all'istante!

Parlando con lui mi resi conto che non era nemmeno un cretino: si era laureato in economia e commercio, aveva una grande passione per le arti marziali, i cani, il vino, il windsurf, i viaggi.

E come mai tutto questo ben di Dio era single?

Logico: la sua ragazza lo aveva lasciato di recente perché non voleva seguirlo in Corea per assistere a una gara di kung fu (ovviamente tutto pagato da lui).

«Ma non ci posso credere, io ci sarei venuta subito».

«Davvero?»

«Certo che sì, ti pare?».

«La prossima volta porto te!».

«Come mai qui?», gli chiesi.

«Mi ci ha trascinato un amico, ma non mi trovo bene in questi ambienti, preferisco una cena fra amici, adoro cucinare».

Bum. Cotta.

L'EDIPO MI SEPPELLIRÀ

Il tempo volò via.

Alle quattro del mattino pendevo ancora dalle labbra di Tommaso, il vero nome di Vin Diesel, rapita dai suoi tramonti visti in Nuova Zelanda facendo surf.

Elisabetta era stata abbordata da un cinquantenne brizzolato con i capelli alla Renato Zero che, credendo di aver trovato una facile preda dagli occhi verdi, era invece rimasto intrappolato nella ragnatela di domande "marzulliane" che la mia amica gli mormorava con tono professionale e materno e dopo un po' lo vidi piangere.

Dove fosse Emma nessuno lo sapeva, ma dopo l'esperienza del quasi coma etilico, andava sempre in giro con il suo gruppo sanguigno inciso su una targhetta e il divieto scritto all'espianto degli organi.

Tommaso mi lasciò il numero del suo cellulare.

Un vero signore, pensai: mi aveva tolto dall'imbarazzo nel caso non avessi voluto dargli il mio. Remotissima ipotesi.

Tornando a casa mi sentivo davvero bene. Non che non pensassi più a Gregory, lui era l'uomo della mia vita ovviamente, però era piacevole sentirsi di nuovo desiderate e Tommaso era veramente bello da morire.

Mi sentivo una teenager al suo primo appuntamento, pensavo che sarebbe stato bellissimo andare a vedere i campionati di kung fu in giro per il mondo, anche se le arti marziali mi interessavano quanto la televendita di materassi; però immaginavo che rapidamente mi sarei appassionata e in poco tempo sarei diventata un'esperta e lui mi avrebbe voluta sempre in prima fila. Magari aveva bisogno di una manager.

Lasciai passare un paio di giorni e poi lo chiamai con una certa nonchalance.

Tommaso fu molto carino e mi disse che aveva spesso pensato a me dopo quella sera. Spesso era meno di sempre, ma comunque non mi potevo lamentare.

Mi invitò a cena il sabato stesso.

Mi cambiai sedici volte, non sapevo davvero cosa mettermi, pantaloni o gonna? Camicia o top? Scarpe a punta o senza? Capelli sciolti o legati? Chissà se gli uomini si fanno così tante seghe mentali?!

Optai per un classico pantalone e camicia rigorosamente neri, tanto lo sapevo che sarebbe finita così, e scarpe col tacco con una rassicurante punta tonda.

Passò a prendermi a casa e mentre stavo uscendo sentii mia madre chiamarmi.

Proprio adesso?

«Dimmi mamma».

«Stai uscendo?»

«Mm... sì».

«Esci con le tue amiche?»

«Sì mamma».

Silenzio.

«Beata te che hai delle amiche... io sono sempre qui da sola...».

Era riuscita a rovinarmi la serata, ma non avrei ceduto.

«Torno presto mamma».

Lei mi colpiva sempre allo stomaco, dritta come un pugile professionista.

Tommaso era stupendo, i riccioli ribelli resi lucidi da un filo di gel, camicia a quadri di Tommy Hilfiger e pantalone di uno stilista giapponese rari quanto il tulipano nero, ma molto più costosi.

Io non ero una grande appassionata di moda.

Durante la mia grassa adolescenza avevo sempre subito lo sguardo giudice e scocciato delle commesse magrissime che aprivano la tenda del camerino con uno strattone e mi trovavano a lottare con un pantalone taglia 46 bloccato alle ginocchia.

Quando alzavo la testa con la faccia rossa e sudata e gli occhi pieni di umiliazione, mi sentivo domandare: «Come ti vanno?».

Ecco perché amavo tanto i mercatini dove ti provavi i vestiti in un furgone senza specchio.

Mi portò in un noto ristorante di pesce al mare, dove aveva anche una bellissima casa.

È buffo, ma il primo appuntamento è sempre in un ristorante di pesce dove ordini antipasto, un primo in due e una grigliata per secondo e dove l'esito è deciso dalla o dalle bottiglie di Gewurtztraminer, Greco di Tufo o Fiano d'Avellino che si riesce a tracannare cercando di trovare punti in comune.

Parlammo tutta la sera, dei viaggi, dei cani, della moda, del kung fu, dell'ipocrisia della gente, dei troppi extracomunitari, della crisi di governo e del prezzo esorbitante degli alloggi.

Ad essere sinceri la scelta degli argomenti fu esclusivamente sua, io avrei voluto raccontargli dei miei anni fuori casa, di come mi sentissi su una zattera in alto mare, della mia insaziabile fame d'amore, ma chi mai dice cose del genere al primo appuntamento?

E poi ammiravo la sua sicurezza nel parlare. Sapeva esattamente quello che diceva, era diretto e non esitava mai, in pratica: aveva un'unica e insostituibile opinione su qualunque argomento.

Non andammo a casa sua come avevo un po' temuto e un po' desiderato, ma mi portò a fare una lunga passeggiata sulla spiaggia di notte. Era una bella serata di settembre con la luna che faceva capolino fra le nuvole. Rimanemmo lì a chiacchierare ancora, ci univano l'amore per il mare e la voglia di libertà, ma anche la voglia di trovare la persona giusta da amare.

Su questa frase mi diede un bacio.

Aveva la pelle profumata e morbida e mi mordicchiava le labbra e il collo.

Se fosse stato per me avrei capitolato all'istante, ma fu lui a suggerire di aspettare un po'.

Non sapevo se essere delusa o lusingata, e non volevo passare per facile, ma quando un tizio uscito da un calendario ti invita a cena e ti bacia al chiaro di luna che fai non ne approfitti?

Non sono cose che capitano tutti i giorni.

Dunque me ne tornai a casa con la testa leggera e il cuore che saltellava, come a quattordici anni quando il bello delle superiori ti chiede che ore sono e tu credi che sia innamorato.

Tommaso era un ragazzo in gamba, non era superficiale, aveva dei sani principi e un fisico da copertina.

Ed era interessato a me.

Cominciammo a uscire sempre più spesso. Mi portava fuori il mercoledì e il fine settimana.

Emma diceva che il mercoledì si portano fuori le donne che non si vogliono far vedere, mentre Elisabetta sosteneva invece che la sera del mercoledì fosse una serata più tranquilla e che quantomeno non gli interessava il calcio.

Gli trotterellavo dietro come il cagnolino amico di Ettore il bulldog, quello che dice: «Siamo amici vero Ettore? Eh? Eh? Siamo amici vero?».

Aspettando sempre una sua chiamata, poiché i patti erano che chiamasse sempre e soltanto lui.

Tommaso decideva tutto e lo faceva per il mio bene, per insegnarmi.

Le gite fuori porta erano diventate l'occasione per tenere una lezioncina di storia o di politica lungo tutto il tragitto e quando andavamo al ristorante, che sceglieva sulla sua guida, decideva anche cosa avrei dovuto mangiare io.

Pochi grassi e molte proteine.

Non mi chiedevo se questo fosse giusto o sbagliato, sentivo solo che lui si occupava di me e questo volevo.

Mi sentivo una miracolata: fra tutte le donne bellissime che aveva avuto e poteva ancora avere, lui usciva con me, lui così intelligente, forte, bello e sicuro, usciva proprio con me.

Una sera, inaspettatamente mi presentò ai suoi amici.

L'occasione, una cena di compleanno di una sua ex.

Lì per lì rimasi un po' perplessa. Non c'era un'altra occasione un po' meno competitiva?

Quando facevo l'animatrice mi era capitato di fare a botte con un'altra ragazza in una vasca piena di spaghetti, ma questo era molto peggio, si trattava di camminare sui carboni ardenti della gelosia.

Lui mi assicurò che erano praticamente fratello e sorella, si erano lasciati ormai da tre anni e lei era diventata la sua migliore amica, però avrebbe gradito che avessi tenuto un basso profilo e un abbigliamento sobrio.

Era diventato anche il mio stilista personale. Com'ero fortunata!

Sentii suonare le sirene di pericolo, ma decisi volontariamente di ignorarle.

Dopo le presentazioni, in cui mi indicò come: «Questa è la mia amica», mi misi a sedere accanto a un tipo grassoccio con l'aria annoiata.

Mi sentivo non poco fuori posto, soprattutto mi sentivo osservata, non per essere giudicata, ma quasi compatita.

Decisamente non era il mio ambiente, si conoscevano tutti da troppo tempo per permettermi di essere dei loro e visto che il mio cavaliere faceva lo scemo con sua "sorella" alta un metro e ottanta taglia 42, non mi rimase altro che mettermi da una parte a osservare.

Non ero a mio agio e non mi piaceva quella sensazione di abbandono, Tommaso non mi degnava di uno sguardo e non era da lui, non sapevo come interpretarlo.

Mi stava forse mettendo alla prova?

Poi il ragazzo grassoccio mi chiese da quanto tempo stavo con lui e io, colta di sorpresa, dissi che in realtà non lo sapevo e in effetti era vero: non c'era una data precisa.

E poi stavamo davvero insieme?

Questa domanda mi mise di malumore. Avrei dovuto affrontarlo al più presto.

Al ritorno in macchina glielo chiesi, domanda cretina ne convengo, ma come altro avrei potuto saperlo?

Lui deglutì e la fronte gli si imperlò di sudore.

Chiari sintomi da shock anafilattico da relazione seria.

«Beh sai…», balbettò, «io con te sto benissimo, ma sai… non c'è ragione di… cioè… correre troppo».

«Correre troppo? Ti ho solo chiesto se io e te stiamo ufficialmente insieme o se andiamo a letto solo per sport», odiavo essere aggressiva, ma ancora di più odiavo le persone evasive.

«Il fatto che andiamo a letto insieme non fa di noi una coppia», disse.

«Ah no?»

«No, prima ci conosciamo e poi vediamo un po' cosa succede».

Rimasi in silenzio ammutolita e delusa.

Perché improvvisamente era diventato così stronzo, e perché l'idea di perderlo mi faceva così paura?

Non pensai ad altro quella notte e non chiusi nemmeno occhio.

Il giorno dopo lo chiamai, il suo telefono era staccato, riprovai alcune volte, ma senza esito e alla fine rinunciai.

Non lo sentii per tre giorni ed entrai nel panico assoluto, perciò convocai le amiche per un concilio.

Emma sosteneva il vecchio adagio «Te l'avevo detto gli uomini sono tutti uguali» ed Elisabetta, sempre molto cauta nei giudizi, consigliava di temporeggiare e capire le dinamiche maschili: forse era molto coinvolto e preferiva aspettare o forse aveva qualche conto da regolare col passato.

Mi accorgevo di quanto Tommaso fosse entrato nella mia vita e con quanta prepotenza.

Era una specie di ossessione che non mi permetteva di vivere tranquillamente.

Non aveva niente a che vedere con quello che avevo vissuto con Gregory in cui prevalevano la fiducia, la gioia e il rispetto, qui era una specie di nascondino dove io ero sempre quella che stava sotto.

Dopo tre giorni Tommaso si fece vivo. Come se nulla fosse successo.

«Come stai?»

«B-bene, ma dov'eri finito?»

«Ho avuto da fare, ci vediamo stasera?»

«Veramente avrei fissato con le amiche, sarei libera domani...».

«Ah no, né domani, né dopo, fino a mercoledì prossimo sono impegnato».

«...»

«Dai, che ti costa, vi vedrete un'altra sera, e poi devo parlarti».

Ero veramente confusa, volevo che capisse quanto ci ero stata male, mi misi a piangere per telefono un po' per la tristezza e un po' per la gioia di sentirlo.

Lui fu abbastanza seccato dal mio pianto e tagliò corto.

Avrei fatto qualunque cosa per stare con lui. Anche perdere altri dieci chili.

Mi portò a fare una passeggiata per raccontarmi di sé.

Era un uomo dai principi saldissimi: la sua donna doveva essere una specie di fedele geisha che lo lasciasse libero. Il lavoro era importante sì, ma non fondamentale e comunque non doveva portargli via troppo tempo che doveva consacrare a sport, viaggi e letture. Era fondamentale considerare il proprio corpo come un tempio e indispensabile essere magri e in forma. Chiunque fosse stato diverso era da considerarsi un perdente e un parassita. Stare con lui voleva dire un po' essere delle creature elette. Mi sentivo tanto Claretta Petacci.

Ora capivo gli sguardi compassionevoli dei suoi amici.

Era pazzo!

Non mi sarebbe costato nulla salutarlo e andarmene, ma no, c'era qualcosa che me lo impediva.

La paura della solitudine certo, la speranza di salvarlo da se stesso senza dubbio, ma ancora di più era quella sua cura ossessiva per il corpo, quell'avversione verso il grasso tipiche di mio padre e quella sua ostentata precisione nel ritagliare giudizi, che avevo scambiato per sicurezza.

Dunque la decisione che prese fu quella di stare insieme clandestinamente e io, senza esitare neanche un istante, accettai.

Immediatamente, come se mi avessero iniettato una dose di eroina, mi sentii rilassata e in pace.

MARINA

Marina era la segretaria di Fabrizio dell'agenzia interinale, una ragazza minuta con i capelli neri cortissimi.

Sembrava una specie di pulcino bagnato con dei grandi occhi scuri dietro gli occhiali, sempre intenta a leggere qualche libro di autostima.

Data la rapidità con cui cambiavo i miei lavori, noi due ci vedevamo spesso nella sala d'aspetto dove beveva tè verde e sgranocchiava gallette di riso di nascosto.

Era una ragazza molto sola e molto dolce.

Amava gli animali e tutte le creature oppresse in generale e si faceva abbindolare da chiunque volesse dei soldi per sostenere una qualunque associazione.

Sosteneva il WWF, Greenpeace, la Lipu, Amnesty International, la Lila e la Lav. Praticamente lavorava per loro.

Sul suo tavolo teneva una foto di sua madre da giovane e un vaso con cinque calle.

Mi sedevo sul divano di pelle nera di fronte alla sua scrivania e aspettavo di essere ricevuta. Le sorridevo, mi sorrideva e tornava al suo libro.

Un giorno particolarmente caldo, al momento di alzarmi, le mie cosce appiccicate alla pelle del divano produssero il rumore di una ventosa gigante.

Con relativa macchia umida grande quanto le mie chiappe.

Lei mi guardò cercando di non ridere, facendosi andare di traverso le gallette, e cominciò a tossire. Allora presi a picchiarle sulla schiena e a schioccare le dita in alto dicendo quella storiella cretina di «Guarda l'uccellino!».

Così ci trovò Fabrizio: Marina con le briciole che le uscivano dal naso e io che dicevo «Guarda l'uccellino!».

Quando si riprese le chiesi se aveva voglia di uscire con noi.

Era l'anello mancante.

Più tardi mi spiegò che aveva una situazione molto difficile a casa, che suo padre non usciva più da quando sua madre era morta.

Ventinove anni prima.

Soffocai una risata improvvisa, ma mi accorsi che Marina era molto seria: lei non aveva mai conosciuto sua madre che era morta per complicazioni post parto e suo padre viveva ancora nel ricordo ossessivo del fantasma della moglie.

Mi parlò delle foto che tappezzavano la casa, dei vestiti aggiustati che doveva mettersi, i vecchi dischi che suonavano giornate intere e tutte le volte che cercava di scrollarsi di dosso questo lutto estraneo, suo padre l'accusava di essere un'egoista e un'ingrata.

Allora Marina piangeva, e quando piangeva suo padre l'abbracciava e la cullava e per consolarla le regalava un gioiello che era appartenuto a sua madre.

Lei odiava tutto questo e non sapeva come uscirne. Me lo disse fra le lacrime e lessi nei suoi occhi la disperazione più nera dell'animale braccato.

Mi vennero i brividi.

Era facile dire «fossi in te io me ne andrei» o «perché non lo fai internare», ma anch'io in un modo o nell'altro mi ero incastrata in una ragnatela di sensi di colpa difficili da gestire, che si traducevano nell'anomala relazione che avevo con Tommaso.

Perché ci annientavamo nelle mani di un uomo? Dipendeva dall'educazione che avevamo ricevuto o peggio ancora da una questione genetica?

Girai la domanda a Elisabetta che sembrava sempre riuscire a rimanere distaccata dalle circostanze, come se le cose non la toccassero direttamente, ma lambissero una parte remota della sua coscienza, così da permetterle di ottenere un sereno e disincantato punto di osservazione.

Dalla cima della montagna.

Elisabetta aveva sofferto come un cane e io lo sapevo bene. Da bambine avevamo guardato attraverso lo stesso vetro opaco l'infrangersi dei nostri sogni. Entrambe dotate di una dose sproporzionata di sensibilità che ci si era rivoltata contro come un eccesso di anticorpi nel sistema immunitario.

Una volta mi aveva detto che se non avesse scelto psicologia non sapeva come sarebbe finita.

Io lo sapevo.

Sarebbe finita come me.

ALTRO GIRO ALTRA CORSA

Mia madre sembrava miracolosamente riprendersi, riceveva misteriose telefonate e aveva ricominciato a uscire. Era riapparso lo smalto rosso di Dior, la messa in piega e le amiche puzzone dei vari circoli esclusivi.

Come mai improvvisamente le quattro mura di camera sua non le bastavano più? Aveva smesso il lutto per qualche ragione particolare? Morivo dalla voglia di chiederglielo e infatti non esitai.

In cucina con Lalidia intente a lucidare l'argenteria rapite da pietose soap opera all'italiana, mia madre venne ad annunciarci che non sarebbe tornata a cena.

«E dove vai di bello mamma?»

«Ho una cena al Rotary».

«Di martedì?»

«S-sì».

Avevo colto l'esitazione.

«Ma non le facevate il venerdì?»

«Da quando in qua ti occupi di certe cose? Vuoi fare la segretaria forse?».

Touché!

«No figurati, non ci tengo, divertiti!».

Lalidia mi raccontò che da un paio di settimane circa telefonava sempre un uomo, sempre alla stessa ora del pomeriggio e a volte anche dopo cena e cercava mia madre. Lei si intratteneva con lui per ore.

Allora era quella la ragione che l'aveva spinta alla rinascita! Chi era il misterioso uomo? Non avrei tardato a scoprirlo.

Lalidia e io organizzammo un piano infallibile tipo CIA, comprensivo di appostamenti, intercettazioni telefoniche e microspie nel collare di Piccolo Rutto.

Verso le due e mezzo di notte sentii una macchina parcheggiare nel vialetto di casa, era una macchina scura, ma non riuscii a vedere il modello dalla mia postazione.

Dopo alcuni minuti e molti «Ti telefono domani» ed «È stata una serata stupenda», finalmente la diva si degnò di rientrare in casa.

Sembrava una ragazzina al primo appuntamento, dimostrava dieci anni di meno e canticchiava *September Morn*.

No. Non poteva cantare *September Morn*, quella era la canzone sua e di mio padre quando si amavano tre secoli prima e non poteva condividerla con nessun altro, era un sacrilegio.

Avevo voglia di uscire dal mio nascondiglio dietro le tende del salotto e dirle di smettere di cantare quella canzone, dirle che era ingiusto e indelicato e soprattutto che era troppo presto.

Mentre me ne stavo immobile con la rabbia che mi consumava, non mi accorsi che Piccolo Rudy era sceso per fare le feste alla sua fedifraga padrona e vedendo muovere le tende cominciò ad abbaiare come un ossesso, quell'abbaiare tipico dei cani piccoli e stupidi che penetra nel cervello e stimola gli istinti omicidi, di cui non mancavo affatto.

Non quella sera.

«E tu che ci fai qui?», gridò mia madre scostando la tenda come la commessa nel camerino di cui sopra…

«Ehm… io, non avevo sonno».

«E quando non hai sonno ti nascondi dietro le tende?»

«È un'usanza creola mamma, se ti nascondi l'insonnia non ti vede e se ne va via…».

«Solo tu potevi fare una cosa così strana».

«Vado a letto ora», poi salendo le scale mi voltai e dissi: «Mamma… quella canzone…».

«Quale canzone?», disse lei.

«Niente… buonanotte».

PERMESSO DEVO SCENDERE!

Intanto la mia storia con Tommaso mi stava dando non poco filo da torcere.

Lo volevo con tutte le mie forze, ma sentivo che lui riusciva a sfuggirmi ogni volta che gli parlavo di noi o di progetti su di noi.

In un momento della mia vita in cui non avevo né affetto, né prospettive di lavoro, sogni nel cassetto o un posto mio dove stare, avevo concentrato su Tommaso tutte le mie aspettative, come se lui rappresentasse la conquista suprema, il mio Everest personale.

Le mie amiche disapprovavano e quindi evitavo di parlargliene e in fin dei conti non credevo di avere un vero e proprio problema.

Chi aveva un vero e proprio problema era la piccola Emma.

Piombò una sera in casa con un labbro spaccato e un sopracciglio sanguinante, lo stesso dove si era fatta fare un piercing di fresco.

Antonio l'aveva pestata perché lei aveva, come sempre, minacciato di chiamare sua moglie, se lui non l'avesse lasciata.

C'era nei suoi occhi quasi un lampo di sfida, una sorta di soddisfazione nell'essere ancora viva.

E sapeva che lo avrebbe fatto di nuovo. Lo avrebbe provocato fino a quando lui avrebbe perso il controllo e l'avrebbe picchiata a sangue.

Un giorno o l'altro quell'improvvisazione le sarebbe costata l'osso del collo.

Emma raccontava le cose come se non appartenessero a lei, come se fossero di qualcun altro e lei si stesse limitando a riferire i fatti con assoluta freddezza e un briciolo d'isteria.

Forse era merito del metodo Stanislavskij per cui le emozioni sono come cassetti da aprire e richiudere all'occorrenza senza conseguenze, ma temevo che fosse più un contorto meccanismo per chiedere aiuto che non sapevo bene come accogliere.

Suo padre era stato un uomo violento e ottuso e sua madre una donna depressa dalle sue gravidanze da minorenne.

Quella di Emma era stata una ben poco originale adolescenza, infarcita di violenza domestica, quella in cui puoi gridare quanto vuoi tanto nessuno vede o sente nulla.

Alla centesima chiamata dell'ambulanza, come premio, decise di prendere il suo fratellino e andarsene per sempre.

A rimanere erano tutti i fantasmi nella sua testa.

Perché non riuscivamo semplicemente a costruirci una vita migliore, ma ricreavamo sempre i dolori del passato?

Mi faceva paura questa sua spinta autodistruttiva, stavo anch'io facendo la stessa cosa?

La stavamo facendo tutte?

I QUATTRO ELEMENTI

Emma la passionale era il fuoco, Elisabetta pragmatica e concreta, la terra, io che avevo sempre un po' la testa altrove ero l'Aria e Marina con tutto quello che piangeva non poteva che essere l'acqua.

Questo ci dava una sensazione di completezza, di appartenere a qualcosa di importante e di possedere una posizione fondamentale nello strano disegno della vita.

Ci riunivamo a casa mia tutti i martedì sera e cenavamo con pizza, biscotti fatti in casa da Marina (secondo la ricetta di sua madre) e litri di ottimo vino bianco.

Noleggiavamo un film. Imperativo era lasciare i nostri uomini fuori dalla porta, ma questo ogni volta ci riusciva molto difficile.

Martedì era la sera in cui mia madre usciva con il suo fantomatico pretendente.

Dopo la sera dell'appostamento io e Lalidia eravamo diventate più caute e non ci facevamo beccare più come due principianti. Lalidia mi aveva sorpreso, non credevo che lo spionaggio le sarebbe piaciuto tanto, naturalmente le avevo fatto credere che fosse un incarico del Governo e lei si era subito immedesimata nella parte di un'attempata Bond girl.

Il misterioso signore si chiamava Giulio e dalla voce ci sembrava tanto più giovane di mia madre.

Era l'argomento della serata.

«Secondo te tua madre scopa?», chiese Emma.

«Non ci posso pensare sennò vomito».

«Tutti scopano».

«Forse sì, ma non mia madre. Per mia madre il sesso è tabù, pensate che quando le chiesi come nascono i bambini si chiuse in camera una settimana e poi mi comprò un libro sui cani».

«Secondo me con quello ci scopa», riprese Emma.

«Vi riempio i bicchieri?», domandò Elisabetta per salvare la situazione.

«A me non piacerebbe che parlassero così di mia madre», disse debolmente Marina.

«Tua madre è una santa lo sanno tutti, che palle!», rispose Emma rollandosi una sigaretta.

Marina rimase in silenzio, ma aveva gli occhi lucidi, voleva ribattere, ma le parole le rimasero ferme dov'erano, incastrate alla bocca dello stomaco.

Avrebbe voluto zittirla con un paio di frasi ben assestate, ma sapeva che non sarebbe riuscita a reggere il peso della sua replica. Si odiava per questo.

«Come va con Antonio?», chiese Elisabetta per scovare l'origine di tanta aggressività.

«Al solito, è un bastardo, ma lo amo».

«Contenta tu», borbottai.

«Sono due settimane che non mi mette le mani addosso».

«Oddio… sarai disperata!», dissi.

«Emma, un conto è la consapevolezza, ma un conto è il masochismo, so che sei abbastanza intelligente per capirne la differenza», Elisabetta trovava sempre le parole giuste per ammansirla.

«Non so come fare, ho bisogno di lui, anche se è uno stronzo, io non posso farne a meno».

Sapevo esattamente cosa intendeva, ma mi guardai bene dall'aprir bocca.

«Siete fortunate», disse a un certo punto Marina, «anche se avete delle storie tristi almeno avete delle storie, io non sono mai stata con nessuno, mio padre non mi ha mai permesso di occuparmi di nessun altro, a parte lui e la casa».

Nessuna di noi replicò, nemmeno Emma che si sarebbe fatta sparare piuttosto che perdere il diritto di replica.

«Facciamo un patto», dissi, «cerchiamo di stare unite e di proteggerci a vicenda da tutta la merda che c'è nel mondo... almeno proviamoci».

E suggellammo con un brindisi la nostra alleanza.

CUL DE SAC

Cominciavo un nuovo lavoro in una compagnia di assicurazioni.

Il primo giorno ero già distrutta.

L'ufficio era grigio e fatiscente e avevano tutti un'aria sinistra.

Il gioco era quello di spremere ai clienti più soldi possibile, proponendo investimenti, senza dare loro troppe spiegazioni, né garanzie.

Fui subito assegnata all'archivio a catalogare le pratiche dei defunti, in un sottoscala polveroso illuminato dal neon, dove passavo giornate intere a sognare il sole.

Il primo giorno di lavoro Tommaso mi venne a prendere con una grande notizia.

Non veniva mai a prendermi (sempre per timore di essere visto con me), ma quel giorno non aveva resistito all'idea di vedere la mia faccia.

«Indovina!».

«Cosa?»

«Andiamo a Cuba dopodomani con un last minute!».

«Ma è fantastico!», urlai e mi misi a saltellare di gioia.

Ero felice da morire, certo sarebbe stato un problema prendere le ferie, ma era un'occasione troppo speciale per non rinunciare a uno schifoso lavoro.

Avevo appena il tempo di comprarmi un costume nuovo e la marca da bollo del passaporto.

Dio che gioia, finalmente la mia pazienza era stata premiata. Dopo tutti quei mesi di prova, Tommaso aveva deciso che potevo essere la sua compagna ufficiale.

«Sono contento che tu l'abbia presa così bene».

«Perché non avrei dovuto? Mi porti con te a Cuba, è una cosa stupenda!».

«Ma io vado con Filippo, ha un aggancio per comprare una catena di alberghi e mi ha chiesto se voglio entrare in società. Potrei realizzare il mio sogno, lavorare all'aperto in un paradiso e dedicarmi a tutte le mie passioni».

«E... io?», dissi desolatissima.

«Noi ci vediamo fra una decina di giorni e... attenta alla dieta mi raccomando!».

Che stupida, come avevo potuto anche solo immaginare che lui avrebbe portato me in vacanza. Cosa mi aspettavo? Tommaso non era in grado di amare nessuno a parte se stesso, era un bambino viziato rimasto completamente fuori della realtà. Ma che razza di madre aveva?

Me ne tornai al mio archivio con la testa bassa e la voglia di piangere che sfogai subito tra polverose cartelle.

Quando entrò il principale dissi che avevo un attacco di allergia e mi chiusi nel bagno per quarantacinque minuti.

Cosa altro avrebbe dovuto fare per deludermi irrimediabilmente? Sposarsi? Avere un figlio con un'altra? Fare un film porno?

Dov'era il punto di rottura?

E dov'erano finite l'autostima, l'amor proprio e tutti i miei ideali da Presa della Bastiglia?

Non avevo il coraggio di raccontarlo alle ragazze, mi avrebbero riso in faccia e avrebbero fatto bene.

Che cavolo mi succedeva, ero vittima di un sortilegio?

Mi sentivo un peso immane sulla testa e sul cuore, non riuscivo a pensare che a lui e ad essere disperatamente gelosa.

IL MAL VOLUTO...

Quella notte non riuscii a prendere sonno. Non facevo che piangere, un pianto assurdo e sproporzionato per le circostanze.

Nemmeno per mio padre avevo pianto così.

Non era giusto.

Se mi assopivo i miei sogni venivano invasi da culi in perizoma e tette a punta e mi svegliavo di soprassalto.

Non era vita. Non potevo continuare così e il peggio era che, ingenuamente, mi aspettavo una sua telefonata anche nel cuore della notte, motivo per cui dormivo col cellulare acceso.

Quando arrivò il martedì delle ragazze, alla domanda «Dov'è Tommaso?» mi sentii morire, ma non potevo nascondere una cosa così.

Avevo bisogno del loro punto di vista e perciò, fingendo assoluta indifferenza, dissi loro schiarendomi la voce: «È andato a... Cuba per un viaggio di... lavoro».

Avevano le lacrime agli occhi dalle risate e il bello è che ridevo anch'io.

Anche Elisabetta, che non dava mai un'opinione azzardata, quella volta aveva le convulsioni e Marina si era fatta andare di traverso il prosecco.

In effetti, le mie amiche pensavano affettuosamente che io

fossi nel pieno possesso delle mie facoltà mentali e che con quella partenza avrei considerato la storia chiusa.

Non immaginavano affatto che non dormivo da cinque giorni e che da qualche parte dentro di me volevo credere alla storia della catena di alberghi.

Quello che facevo era scrivergli patetiche lettere che non gli avrei mai spedito (o meglio l'avrei fatto se avessi avuto l'indirizzo), ma poi un giorno mi venne l'ideona.

Avevo passato nove giorni insonni a discapito della mia faccia che era diventata verdastra, ma il peggio era passato, lui stava tornando e sicuramente aveva avuto il tempo per riflettere sulla sua indelicatezza.

Mi preparai di tutto punto per andarlo a prendere all'aeroporto. Non sapevo quale volo fosse, ma quella mattina ce n'erano solo tre e nella peggiore delle ipotesi avrei passato cinque ore ad aspettarlo, una follia, ma sarei stata ricompensata.

Il pezzo forte del mio personale comitato d'accoglienza era il cartello che avevo preparato.

Un cartello di un metro e quindici per ottanta con una scritta che l'avrebbe lasciato di stucco.

Mi svegliai tardi, rimasi imbottigliata nel traffico e come se non bastasse, trovare parcheggio si rivelò un'odissea. E il volo era già atterrato da venti minuti.

Entrai agli arrivi correndo come una pazza.

Per colpa del vestito stretto e dei tacchi ero costretta a correre sulle punte e il cartello mi intralciava e mi picchiava sui polpacci.

Quella mattina pioveva a dirotto e faceva anche freddo, ma io ero vestita da sera: avevo messo un vestitino nero decisamente primaverile e un collant zero denari, avevo le labbra blu e l'aria condizionata stava facendo il resto.

Cominciai a guardarmi intorno per capire dove potesse essere, non potevo averlo perso così per uno stupido ritardo.

Corsi verso il ritiro bagagli dove vidi un branco di turisti abbronzati, quasi tutti con le treccine e quella tipica aria strafottente che dice «Tanto fra un mese ci torno e mi compro la casa», oppure «Che se li faccia il mio capo gli straordinari d'ora in poi».

E un minuto dopo è tutto uno squillare di telefonini e di «Certo direttore, sarò lì fra un ora» e «Sì cara, passo subito a prendere i bambini a scuola».

Non c'era, non in quel gruppo. Meno male.

Mi si era smagliata la calza dalla caviglia in su, ma speravo che con il cappotto non si vedesse troppo.

Il volo successivo atterrava dopo un'ora e mezzo che passai annoiandomi a morte bevendo caffè, leggendo il giornale e guardandomi allo specchio.

Il volo era in ritardo e io non stavo più nella pelle. Tenevo il cartello girato verso di me perché non volevo che lo leggesse nessuno.

Finalmente l'annuncio. Era atterrato. Fra pochi minuti le porte si sarebbero aperte e lui sarebbe apparso.

La gente cominciò ad arrivare alla spicciolata, chi cantava pezzi di samba, chi abbracciava gli amici, chi piangeva per aver lasciato qualcuno. Lui però non c'era. Non mi restava che aspettare il terzo e ultimo volo bevendo altre quattro tazze di caffè.

Mentre ero assorta nei miei pensieri, eccolo comparire.

Bello come il sole, abbronzatissimo, con appena un filo di barba, un cappellino in testa, jeans e una camicia bianca aperta.

Subito come una hostess sul ring tirai su il mio cartello fierissima e sorridente.

Tommaso mi vide da lontano, poi guardò il mio cartello gigante, che vide peraltro tutto l'aeroporto, e si calò il cappellino sugli occhi.

Poi, prendendo sotto braccio la mulatta vicino a lui passò davanti a me e corse al ritiro bagagli.

Rimasi per un attimo confusa fra le risatine dei passanti.

C'era un passaggio che non mi era chiaro: non mi aveva riconosciuta, aveva perso la memoria in un incidente di sci nautico, andava molto di fretta o era un bastardo?

Esclusi l'ultima ipotesi all'istante e presi a corrergli dietro chiamandolo a gran voce sempre col cartello sotto braccio.

La ragazza accanto a lui si voltò e lui la prese per mano e iniziò a correre sempre più forte, scendendo giù alle metropolitane per poi sparire nel nulla.

Me ne tornai delusa alla macchina, che mi avevano rimosso per averla lasciata in divieto di sosta.

Non mi rimase che incamminarmi sotto la pioggia fino alla fermata dell'autobus con le calze a brandelli, le scarpe da buttare, riparandomi con un enorme cartello con scritto "Ti amo".

LA SICUREZZA DEGLI OGGETTI

Tornando verso casa triste e sconsolata, passai davanti a quella di Marina e pensai di suonare per evitare di dover dare spiegazioni a mia madre.

Marina mi vide e rimase davvero sorpresa, ero in condizioni pietose, quando si ha un cuore spezzato non si può essere altrimenti.

Entrando mi sembrò di essere risucchiata in un episodio della famiglia Bradford.

Quella casa si era aggrappata agli anni settanta con le unghie e con i denti.

Nella penombra riuscii a notare una vecchia pendola in un angolo ferma all'1:07. Mi chiedevo se fosse l'ora in cui era morta sua madre.

Le mattonelle con le macchioline nere, le sedie di velluto ancora ricoperte dal cellophane e diversi pesanti mobili di legno scuro. L'aria aveva lo stesso odore che c'era in casa di mia zia che si era fatta suora, un odore di paralisi e muffa.

In cucina il classico tavolo di plastica verde con le zampe di ferro e la luce della lampada al neon che rendeva tutto ancora più squallido. In una vecchia poltrona sedeva suo padre mezzo addormentato, con la televisione accesa.

Marina chiuse la porta a vetri e mi fece fare un rapido giro della casa. Le foto di sua madre erano disseminate ovunque, sua madre al matrimonio, sua madre bambina, sua madre incinta e così via, mi era già antipatica. Il bagno era la stanza più triste in assoluto, il water con la seggetta nera incrostato da trent'anni e lo specchio con gli sportelli a calamita con dentro un vecchio pennello da barba consunto, un paio di forbicine arrugginite e un pettine.

Quando Marina aprì fiera la porta di camera sua, non credetti ai miei occhi. Rimasi folgorata da quella che era una perfetta, luminosissima, colorata e confortevole cameretta stile Ikea.

Un'oasi nella desolazione.

Aveva colorato la stanza di verde acquamarina e sul letto c'era una trapunta celeste con delle grandi margherite. Alla finestra aveva appeso un campanellino che suonava col vento.

Non c'era neanche una foto di sua madre, ma centinaia di ritagli di panorami, tramonti, oceani, delfini che saltano, deserti, montagne, cascate, alberi, laghi, arcobaleni e foche.

Non era mai stata da nessuna parte, ma conosceva qualunque posto, anche meglio di me.

Aveva una quantità di libri di viaggi, dispense del «National Geographic», «Airone», «Focus», leggeva Chatwin, Hemingway, Lawrence e poi scivolava sul *self help*: come trovare l'uomo dei sogni, come tenersi l'uomo dei sogni, come fare a meno dell'uomo dei sogni, come farsi valere in ufficio, ritrovare l'autostima e via dicendo.

Nella teoria era ferratissima, ma mancava completamente di pratica.

Mi offrì un tè che preparò in un bollitore che teneva in camera, questo le evitava di andare in cucina a incrociare suo padre che approfittava sempre della sua bontà per chiederle di accompagnarlo in bagno, cambiargli canale, preparargli il caffè e sistemargli la poltrona.

In realtà quell'uomo non aveva nulla, assolutamente nulla, ma ogni giorno della sua vita lo viveva come se fosse l'ultimo e non perché fosse un adepto del *carpe diem*.

Se ne stava lì seduto a lasciarsi vivere, a lamentarsi per ogni doloretto e a chiamare Marina con quel tono lagnoso e dolente e se lei non rispondeva alla prima chiamata, era capace di dirle che non gli voleva bene al povero papà suo tanto malato.

Che collezione di padri da antologia avevamo avuto, pensai.

Era felice che io fossi lì perché nessuno andava mai a trovarla e poi era la prima volta in vita sua che aveva delle amiche.

Quel giorno ero una pessima compagnia, ma lei era contenta lo stesso. Mi trattava come fossi un dono del cielo, mi chiedeva se avevo troppo freddo o troppo caldo, se avevo fame o se fossi abbastanza comoda e, nonostante fosse lei ad avere maggiore bisogno di parlare, mi ascoltò svalangare una quantità indegna di tristezza intrisa di ricordi.

Marina, non potendo parlare per esperienza, si esprimeva per citazioni tratte da testi più o meno autorevoli e spaziava da «Abbandonati al dolore» a «Reagisci iscrivendoti a un corso di ceramica».

Parlando, cominciai a rendermi conto che avevo avuto una serie di segnali così chiari che anche un cieco se ne sarebbe accorto, ma ero stata testarda e ora ne pagavo il prezzo.

Ci addormentammo pensando entrambe a quella gran culo di Cenerentola!

ARTURO

Con tutto il freddo che avevo preso in aeroporto e la pioggia, mi buscai una brutta influenza che mi costrinse a casa una settimana.

Ci mancava solo quello. Mia madre non sopportava l'idea che qualcun altro a parte lei potesse star male, e Lalidia, che invece adorava occuparsi degli altri, non riusciva a fare le scale. Era come essere malati mentre si è ospiti da qualcuno: ci si sente in colpa.

Mentre me ne stavo immobile nel letto con brividi e dolori in tutto il corpo e il solo spostare un piede in una zona del letto non ancora scaldata mi faceva battere i denti, entrò Lalidia tutta eccitata, anche se stremata dalla rampa di scale, per consegnarmi un sacchetto che un giovanotto aveva recapitato per me.

Di scatto mi misi a sedere chiedendole dove fosse, ma mi disse che lui non aveva voluto disturbare ed era andato via.

Presi il sacchetto di carta con il nome di un famoso negozio di abbigliamento intimo chiedendomi se mi avesse mandato un regalo di scuse.

Invece trovai il lettore cd che gli avevo regalato per il suo compleanno, un braccialetto mio che gli piaceva e un biglietto con scritto "Mi dispiace, ma io no" in risposta al mio cartello.

Sì non c'erano più dubbi, era davvero uno stronzo.

Durante la settimana di malattia mi vennero a trovare tutti.

Emma aveva trascinato Antonio. Ormai erano entrati nella fase di caduta libera in cui non si vergognavano nemmeno più di litigare in pubblico. Emma non faceva niente per non infastidirlo, anche quando non c'erano presupposti per litigare. Se lui prendeva un libro in mano, lei gli diceva: «Che lo prendi a fare se non sai leggere?», lui di rimando rispondeva: «Zitta zoccola» e il tutto degenerava nel giro di pochi minuti. Una volta li presi a cuscinate.

Quando venivano Elisabetta e il suo uomo, invece, le cose cambiavano completamente.

Con loro prendevo coscienza di cosa vuol dire mettere dell'impegno per far funzionare le cose e rispettare l'altro senza essere in balìa delle proprie debolezze.

Quello che anch'io avevo vissuto con Gregory senza sforzo e che ora avevo rimpiazzato con quello schifo di esperienza che avevo avuto con Tommaso e che mi aveva lasciato un sacco di amarezza dentro.

Erano proprio una bella coppia, stavano insieme da un pezzo, ma sembrava sempre il primo giorno e non era un modo di dire. Quando lei gli parlava al telefono lo faceva con un tono così dolce e rassicurante che mi commuovevo.

Un po' perché facevano lo stesso mestiere e un po' perché memori di un passato di esperienze fallimentari, avevano scoperto la formula segreta per andare d'accordo.

Dopo anni di studi e ricerche titaniche erano riusciti a giungere a una conclusione sconosciuta ai più, che avevano poi sapientemente distillato in un semplice concetto: parlare.

Avevano capito che per fare andare bene le cose e per far capire all'altro quello che si desidera bisogna solamente dirglielo, senza tenergli il muso per giornate intere esasperandolo nell'allucinante palleggio «Cos'hai? Niente. Cos'hai? Niente».

Segreto di Pulcinella o no, loro ci riuscivano e non erano in una situazione migliore di altri con un mutuo da pagare e un'ex moglie e un figlio da mantenere.

Quando arrivò Marina aveva l'aria tutta eccitata e mi disse di chiudere gli occhi perché aveva una sorpresa. Non sapevo davvero cosa aspettarmi; un'altra ricetta di sua madre? Un nuovo lavoro del cazzo trovato da Fabrizio che non poteva sapermi con le mani in mano?

La sorpresa era bianca e nera e... miagolava.

Un gattino, Marina mi aveva portato un gattino trovato abbandonato per strada e sperava che lo avrei tenuto.

Era così piccolo e indifeso che non potevo non tenerlo con me e poi con il mio cuore in frantumi un po' di calore era quello che ci voleva.

Lo chiamai Arturo.

La prima notte fu un incubo.

Il gatto piangeva come un bambino a ogni ora per mangiare.

Marina mi aveva mollato la patata bollente, ma io non avevo idea di cosa farci con un gatto neonato.

Dopo una nottata insonne l'indomani portai Arturo dal veterinario che constatò che il gatto non aveva neanche dieci giorni di vita, era ancora cieco e andava allattato, soprattutto avrebbe dovuto essere stimolato per fare i bisogni perché con il latte artificiale sarebbe sicuramente diventato stitico.

Stava dicendo che avrei dovuto leccarlo?

L'idea di avere un gatto mi sorrideva sempre meno. Andava allattato ogni tre ore con un biberon delle bambole. Il latte non era quello che bevevamo noi, ma ovviamente una varietà costosissima arricchita di calcio e vitamine indispensabili alla sua crescita che vendevano solo i negozi specializzati e che andava a male nel giro di mezza giornata, da servire tiepido.

L'animale andava tenuto al caldo possibilmente nella lana e quotidianamente avrei dovuto strusciargli il sederino con un batuffolo di cotone imbevuto d'olio per stimolargli l'intestino. Avrei anche dovuto pulirgli le orecchie con un cotton fioc e un altro prodotto unto e maleodorante contro i parassiti che potevano farlo diventare sordo, infine andava sverminato.

Dov'era finita la famosa autosufficienza dei gatti?

Aveva un miagolio disperato che ti comunicava tutta la sua impotenza e fragilità e al quale non potevi non cedere.

Lo misi in camera mia in una scatola di cartone, mi faceva pensare a me quando passavo le giornate chiusa lì dentro e un po' lo invidiavo.

Finché dormiva era un angelo, poi quando si svegliava cominciava lo psicodramma. Dovevo correre giù in cucina a scaldare 100 ml di latte, ma non troppo per non ustionarlo, metterlo nel mini biberon, provarlo sul polso, correre su, prenderlo delicatamente in braccio e finalmente una volta allattato si zittiva e diventava adorabile abbracciando il biberon e ciucciando soddisfatto.

Ma se un gatto era così impegnativo, un figlio come sarebbe stato? Il solo pensiero mi fece venire i brividi. Comunque era una buona scuola. E io odiavo Marina con tutte le mie forze.

Avevo già passato dieci giorni insonni per via di Tommaso e ora me ne aspettavano altri sessanta per svezzare un gatto.

In effetti questo mi distoglieva molto dal pensiero autolesionista di lui in posizioni kamasutra con la mulatta, ma stavo diventando isterica. Ero sicura che Marina stesse testando su di me uno dei suoi libri di auto aiuto.

Una notte che ero scesa a scaldare il latte per Arturo, lasciai inavvertitamente la porta aperta. Dalla cucina riuscivo a sentire il miagolio martellante del gatto affamato e nel sonno biasciavo frasi sconnesse del tipo «Sììì eccomi la mamma arriva subito» e non mi accorsi che a un certo punto le urla disperate erano cessate. D'un tratto mi resi conto di quello che stava succedendo.

Il cuore cominciò a battermi all'impazzata mentre attraversavo di corsa la casa e salivo le scale a tre per volta. Entrai in camera immaginandomi Piccolo Rudy che scotennava il povero Arturo portandolo in giro come un nuovo gioco che fino a un momento prima suonava così bene.

Ma grazie a Dio la natura era stata benevola. Piccolo Rudy si era accucciato nella scatola e giocava a fare la mamma e Arturo si era infilato sotto di lui e si era addormentato.

Rudy mi guardava fiero, ma anche un po' minaccioso e decisi di lasciarlo fare. Per la prima volta mi fu simpatico.

E per la prima volta dopo settimane dormii cinque ore filate.

REGALI

Cominciavo a superare la tristezza della rottura con Tommaso, non lo avevo mai più né visto né sentito e il peggio ormai stava passando.

Erano trascorsi due mesi e mi accorgevo, con sollievo, che non era più il mio primo pensiero del mattino e l'ultimo della sera.

In cima ai miei pensieri adesso c'era il Natale che si avvicinava e, nell'ordine: mia madre e la sua seconda giovinezza, Arturo che credeva di essere un cane, Emma che faceva parte di una setta e Marina che era innamorata di Fabrizio.

Non era poco per una persona sola, considerando che a me non ci pensava nessuno.

Come al solito.

Almeno non mi sentivo inutile, ero una specie di certezza per chi aveva bisogno di parlare, di uscire o di piangere. C'ero sempre per tutti, anche perché non avevo scelta. Quando la tua vita è di dominio pubblico non puoi fare tanto la misteriosa e non avendo un lavoro fisso, un ragazzo fisso e nemmeno un pensiero fisso, ero facile preda di tutto il mio scombinato entourage.

Tutte mi chiesero di aiutarle a fare l'albero di Natale, di accompagnarle a fare i regali e di dar loro un consiglio sui regali da fare alle altre che mi informavano a loro volta su cosa non volevano ricevere. Siccome nessuno si informava su cosa volessi io, temevo che alla fine avrei ricevuto sciarpe e libri riciclati.

Era un inverno veramente rigido e aveva nevicato tanto. Non facevo che pensare a com'era stato bello quel Natale alle Bahamas con venticinque gradi e il nostro banano decorato sotto la veranda.

Gregory e io ci eravamo fatti dei regali tremendi incartando tutto quello che ci era parso più assurdo: scatole di fagioli, cerotti, penne e poi in mezzo a quel casino doveva esserci il regalo vero. Dopo aver scartato e rimesso a posto i soprammobili e le schifezze che avevamo in casa, mi accorsi che il suo regalo per me non c'era.

Allora Greg mi invitò a uscire sulla spiaggia per vederlo.

Aveva costruito una barca. Ci aveva lavorato per mesi giorno e notte perché fosse pronta il giorno di Natale. Un paio di volte in effetti mi ero anche insospettita e gli avevo chiesto a bruciapelo: «Mica mi tradisci vero?». Lui si mortificava perché il tradimento era veramente qualcosa al di fuori delle sue idee, ma io ero figlia di mio padre e degli anni Settanta, quindi un certo dubbio lo nutrivo sempre.

Era una bellissima barca bianca e blu. La nostra barca.

Col mio nome.

Che nostalgia ripensare a questo mentre ero in autobus con le scarpe bagnate, le guance rosse e le orecchie congelate.

Decisi allora che gli avrei spedito un regalo che lo avrebbe fatto sorridere.

Qualcosa di utile, di semplice, che lo avrebbe fatto pensare a me almeno due volte al giorno.

Gli spedii uno spazzolino da denti.

MALEDETTO IL GIORNO CHE T'HO INCONTRATO...

Quel pomeriggio ero a casa di Emma a fare l'albero.

Emma divideva un appartamento con due studentesse di architettura e suo fratello. La casa era fatiscente, ma l'affitto era ancora a equo canone e non se ne sarebbe andata neanche con le cannonate.

La sua camera era una specie di boudoir dove aveva sistemato un letto a baldacchino rubato a qualche teatro.

Mentre appendevamo le palle all'albero mi disse: «Stasera ti porto in un posto».

«Che posto?»

«È una sorpresa».

«No, Emma con te le sorprese finiscono sempre male, se non mi dici cos'è non vengo».

«Ti giuro che sarà un'esperienza, non te lo posso dire, ma ti piacerà».

«Perché non me lo puoi dire? È un posto alla *Eyes wide shut*? Con tanto di messa nera e vestiti in maschera dove rischierò la vita? Non fa per me».

«Te lo giuro sulla testa di mio fratello che non è niente di strano».

«Ora capisco perché tuo fratello è così sfigato...».

Mi portò a casa di una signora dove trovammo un gruppetto di una decina di persone di tutte le età riunite davanti a una pergamena a ripetere ossessivamente preghiere in sanscrito.

Guardai Emma con sguardo omicida e mi voltai per andarmene, ma lei mi prese per mano e con voce supplichevole mi pregò di restare con lei. Mi scordavo sempre che era un'attrice.

Ci fecero accomodare sul divano e tutti, notai, si davano delle occhiate complici.

Sembrava si conoscessero da un'eternità e cominciai a temere che mi volessero vendere delle pentole.

Suonarono solennemente tre volte un gong e cominciarono a pregare ad alta voce tenendosi in cerchio tutti per mano.

Mi stavo preoccupando, guardavo Emma che recitava le parole completamente rapita.

Volevo alzarmi, ma un tizio accanto a me mi fece cenno di rimanere dov'ero per non spezzare la catena. Spezzare la catena?

Lo sapevo che non dovevo fidarmi di Emma.

Dopo venti minuti di preghiera chiusero il tempietto con la pergamena e guardai Emma che mi sorrideva tutta fiera come per dire hai visto dove ti ho portato?

Non sapeva dove avrei voluto portarla io...

La padrona di casa cominciò la seduta chiedendo se qualcuno voleva parlare delle sue recenti esperienze.

Ecco perché aveva detto sarà un'esperienza...

Alcune mani si alzarono e una ragazza prese la parola raccontando che era disoccupata e pregando pregando aveva trovato lavoro, fu un tripudio di applausi. Un signore che aveva litigato con la moglie pregando pregando aveva fatto pace con lei, questa volta fu un'ovazione. Infine Emma disse che era da tanto tempo che voleva aiutare una persona testarda e immatura che tante volte nella vita si era trovata in difficoltà e che non ne voleva sapere di venire con lei alle riunioni perché le giudicava una cosa da perdenti, ma pregando pregando era riuscita finalmente a portarla.

Tutti si voltarono verso di me. Io mi sentii morire.

Non solo non avevo mai detto niente di tutto ciò perché neanche sapevo dove mi stava portando, ma mi rendevo conto che le multiple personalità di Emma erano di nuovo in subbuglio e io avevo tutto il gruppo dei "pregando pregando" contro di me.

«Ehm, io... non... cioè... vi sbagliate, io non ho mai detto che foste dei perdenti... anzi».

«Sì che lo hai detto!», confermò Emma.

«Ma... Che... Non è vero niente Non sapevo neanche che mi avresti portato qui!».

«Lo hai detto in altre occasioni, qui possono aiutarti, sei fra amici adesso!».

«Yu-hu Emma ci sei? Hai cambiato pusher per caso?».

«La tua amica ha dei problemi ad aprirsi», intervenne la padrona di casa, nonché capo della seduta.

«Ma vi sbagliate tutti, io sto benissimo, non ho bisogno di pregare per risolvere le cose, ci vogliono volontà e coraggio e amici veri», poi verso Emma: «Non degli psicopatici come qualcuno!».

«Non ti vergognare, dai, racconta pure di Tommaso che ti ha lasciata e tu non te ne fai una ragione, che sei senza lavoro e che tua madre odia tutti», riprese Emma.

«Ma non è vero, ci sono periodi buoni e meno buoni, ma io non mi lamento e poi sono fatti miei!».

Alcuni scuotevano la testa, altri sorridevano come a voler

dire anch'io un tempo ero come te. Io ero senza parole. L'unica ragione per cui avrei dovuto pregare era per far sparire Emma dalla mia vita.

Dopo un'altra oretta di preghiere che io passai in un angolo in punizione leggendo un libro sui saldi principi di "pregando pregando", e su come non ce l'avrei fatta senza di loro, finalmente ce ne andammo a casa.

Durante il tragitto non dissi una parola. Ero incavolata nera. Mentre Emma insisteva col voler sapere della mia esperienza.

«Hai veramente un bel coraggio! Per quanto tu abbia avuto un'infanzia difficile trovo straordinario il modo in cui tratti gli amici!».

«Volevo solo aiutarti!».

«Aiutarmi? Mi hai sputtanata davanti a un gruppo di sconosciuti e poi credimi, non c'è nessuno al mondo che abbia più bisogno di aiuto di te».

«Dovevo portare qualcuno, tutti dobbiamo portare qualcuno agli incontri, serve per il punteggio».

«Il punteggio? E cosa vincete alla fine del corso, un buono per un elettroshock? Giuro che ci ho provato a capirti, ma ogni volta riesci a spiazzarmi. Pensa ai tuoi di problemi, al tuo di ragazzo e alla tua di famiglia e comincia da lì e solo quando avrai finito, ma solo molto dopo, prova a dedicarti a qualcun altro, ma ti consiglio un pesce rosso invece di un essere umano!».

E sbattendo lo sportello della macchina entrai in casa.

POLAROID

Non risposi volontariamente alle sue telefonate per una settimana in cui doveva solo pregare me per rimanerle amica.

Poi fui convocata da Fabrizio, il mago dell'Interim.

Entrando in ufficio vidi Marina nascondere frettolosamente qualcosa in un libro e salutarmi imbarazzata.

Un attimo dopo Fabrizio la chiamò e lei entrò nella sua stanza lasciando lì l'oggetto incriminato.

Eh, eh.

Resistetti un nanosecondo pensando a quanto mi dava fastidio mia madre quando frugava fra le mie cose, ma ormai la curiosità mi stava consumando.

Andai subito a vedere cosa aveva nascosto.

Sfogliai rapidamente le pagine e cadde per terra una foto.

Ma non una foto di sua madre o di un delfino, bensì la foto di Fabrizio e famiglia, la stessa che teneva lui sulla sua scrivania (e che ogni tanto gli scaraventavo per terra) da cui Marina aveva eliminato la famiglia con un colpo di forbici.

Era il più classico dei classici. Era innamorata del suo capo: grassoccio, calvo e con gli occhiali, ma così rassicurante.

Quando uscì l'aspettai facendomi vento con la foto.

«Allora? Cosa hai da dire a tua discolpa?».

Marina sgranò gli occhi e si lanciò verso di me per strapparmi la foto di mano, che tenevo sollevata in aria per costringerla a saltellare.

«Ma sei pazza? Lui non deve sapere!».

«Ti piacciono gli uomini aitanti eh?», le dissi sfottendola.

«Non glielo dirai vero?»

«Ma no, perché dovrei, certo che non potevi trovarti una situazione più complicata».

«Lo so, non ho speranze».

«Lascia perdere, ti incasineresti soltanto, guarda Emma».

«Ma lui è buono con me, è dolce, è comprensivo e a volte mi guarda in un modo che mi sembra sia innamorato».

«Ma non ce l'hai un libro che ti sconsiglia di innamorarti del tuo capo?»

«E se succedesse un miracolo?»

«Tipo perdita totale della memoria per lui la moglie e i figli? Mi sembra un po' surreale…».

«E se si innamorasse di me e lasciasse la famiglia?»

«Marina», dissi, «incidi per sempre queste quattro parole nella tua mente: NON LO FANNO MAI!».

E su questa frase entrai da quell'adone di Fabrizio per farmi assegnare l'ennesimo lavoretto infame e, visto che eravamo sotto Natale, non poteva non appiopparmi un bel centro commerciale, settore casalinghi.

Cominciai il sabato stesso vestita di giallo e blu: sembravo una caramellona mou male incartata.

Come aprirono i cancelli mi ricordai improvvisamente il concerto di Vasco Rossi del '92. Ci saranno state diecimila persone e io risplendevo come la stella cometa.

Non ricordo di avere mai più risposto a così tante domande tutte insieme e nemmeno di avere inventato così tante balle, ma d'altro canto ero completamente sola e non conoscevo nemmeno un prezzo.

Quando mi chiedevano dov'era un oggetto che non sapevo localizzare dicevo che era finito, e a volte qualche signora petulante tornava con lo scolapasta rosa per dirmi dov'era e io dovevo anche ringraziarla. Che nervi!

Alla fine della mattinata avevo fatto almeno seicento chilometri, le gambe mi dolevano e se inavvertitamente passavo davanti a uno specchio e mi intravedevo mi veniva da vomitare peggio che quando indossavo la guaina per le taglie forti.

I colleghi parlavano in codice dicendo cose tipo: «Scendi all'S2 e prendi il K14 con un muletto, poi fai uscire il G01 e lo porti a Luigi». Io li guardavo un attimo e poi dicevo: «Oggi è il mio primo giorno», e loro: «Ah, certo, allora scendi all'S2...». Avevano imparato i percorsi come i topolini bianchi, le domande alternative potevano ucciderli.

Finii il weekend in preda al più totale sconforto e a una stanchezza spaventosa.

Mi infilai nella vasca da bagno con le orecchie dentro l'acqua per non sentire nient'altro che il battito del cuore pulsarmi nelle tempie.

Quanto sarebbe durata tutta quella precarietà? Cosa volevo diventare, cosa volevo fare nella vita? Le uniche cose che mi venivano in mente erano di far volare gli aquiloni con mio padre, giocare a carte con mia nonna o danzare ancora la *Carmen* con Eric, ma non avrei mai più potuto farlo.

Mi resi conto che non avevo niente.

Stavo andando alla deriva. Col sorriso sulle labbra.

BISTURI

Dieci giorni dopo Emma stava lanciando sassi alla mia finestra.

«Chi sei e cosa vuoi?», gridai.

«Aprimi, forza, ti devo parlare!».

«Non c'è nessuno qui, tanto meno ex amiche!».

«Ho chiuso con loro. Su aprimi!».

«Se non te ne vai chiamo la mamma!».

«...Mi sento come il fungo... Come diceva poi? Il fungo che si nutre della feccia di fogna...».

«Citare Julia Roberts non ti servirà a niente!».

«Ho passato l'audizione per un film!».

«Come si intitola *Le amiche stronze* e tu sei la protagonista?»

«Che palle allora vaffanculo!».

«Ti voglio bene anch'io Emma», e richiusi la finestra.

Ma sì, era ora che cominciasse a capire che il mondo si aspettava un minimo di coerenza anche da lei.

Più tardi mi venne uno dei miei clamorosi attacchi di allergia in cui starnutivo per ore e cercando della carta igienica corsi nel bagno in stile Cleopatra di mia madre per soffiarmi il naso.

La vidi in mutande di profilo, davanti allo specchio, mentre si teneva le tette in mano e tirava la pancia in dentro.

Lei non mi vide neanche quando provò a tirarsi la faccia in su con le due mani, e capii che stava meditando una stiratina.

Volevo entrare in bagno urlando: «Tu non sei la mia mamma, tirala fuori, dove la tieni prigioniera?».

Nel giro di qualche anno si sarebbe trasformata in una specie di Nancy Reagan tutta graffette e punti di sutura. In quale misura era responsabile il suo giovane fidanzato? Più tardi mi annunciò che avrebbe fatto un breve viaggetto in Svizzera a Roy Soleil. Come no, la Svizzera è famosa per la montagna, la cioccolata e gli orologi.

Che cara, mi lasciava a casa da sola per Natale. Dopo tanti anni. Ma non sarebbe riuscita a sciuparmelo.

La selezione naturale mi stava aiutando privandomi di persone negative come Emma, Tommaso e mia madre, lasciandomi accanto le persone vere.

Ma questo non mi impediva di sentirmi tanto sola.

NATALE IN CASA CUPIELLO

La vigilia di Natale si prospettava piuttosto triste.

Io e Lalidia a scartare i regali, quattro in tutto, uno reciproco e uno da parte di mia madre. Quelli che avevo ricevuto da Elisabetta, Marina ed Emma, più il panettone di Fabrizio li tenevo in camera perché mi dispiaceva averne più di lei.

C'era sempre una via d'uscita diceva qualcuno. Ci sarebbe stata anche quella volta.

Chiamai Marina e le dissi che dovevamo assolutamente fare una cena di Natale tutti insieme, tutti noi che avevamo famiglie a pezzetti: io e Lalidia, lei e suo padre, anche Emma e suo fratello; data la difficoltà di far uscire suo padre di casa non potevamo che cenare da lei.

Marina rimase piuttosto sconvolta, ma capiva che se voleva cambiare le cose doveva avere il coraggio di cominciare da qualche parte e quello poteva essere un inizio. Dare aria a quel mausoleo, far reagire suo padre, che in fondo aveva poco più di sessant'anni, e vedere un po' cosa sarebbe successo.

La parte più difficile si rivelò effettivamente convincere il padre ad alzarsi dalla poltrona. Era spaventato all'idea di ricevere gente, si comportava come un bambino capriccioso, pestava i piedi e diceva di no. Lui era malato.

Capivo che era tutta scena, Marina invece era toccata nel profondo, si sentiva in colpa e mi diceva che era un'idea assurda. Mi ci volle del buono e del bello per convincerla che andava fatto.

Era scritto anche nei suoi libri di auto aiuto, lei era più forte, doveva reagire e in fondo si trattava solo della cena di Natale e non di un trapianto di fegato.

Così il 24 dicembre ci trovammo tutti a casa di Marina.

Io, Lalidia che indossava un completo che le aveva regalato mia madre di velluto verde smeraldo (con ombretto purtroppo abbinato), Emma con suo fratello Christian (ovviamente Antonio era con la famiglia), Marina e suo padre sbarbato e vestito con un elegante abito scuro (che sicuramente aveva indossato il giorno del funerale). Notai che quando smetteva di fare il malato immaginario era un uomo ancora interessante.

Avevamo tolto la plastica dalle sedie e messo via, nonostante le proteste, le quarantuno cornici con le foto del caro estinto, apparecchiato con cura e messo un po' di musica jazz di sottofondo. Non sembrava più la stessa casa.

Fu una serata fantastica, Marina era fuori di sé dall'euforia, rideva e allo stesso tempo era commossa.

La vidi scambiare il numero di cellulare con Christian. Emma non dovendo far colpo su nessuno parlava normalmente e alla seconda bottiglia di rosso si scusò con me. Lalidia e il padre di Marina non smisero un attimo di chiacchierare.

Fu un successo.

Il primo Natale della mia vita in cui i buoni sentimenti avevano prevalso e in cui tutti ci eravamo sforzati per fare andare bene le cose.

Ma le sorprese non erano finite.

A VOLTE RITORNANO

Tornammo a casa stanche ma felici, pronte per scartare i nostri regali.

Lalidia mi aveva regalato una specie di baby doll in seta blu elettrica con un biglietto che diceva «per le tue serate elettrizzanti». Spaventoso. Io le avevo regalato il lettore cd che mi aveva restituito Tommaso, perché lo avevo pagato una follia e almeno a lei avrebbe fatto veramente piacere.

Elisabetta mi aveva regalato dei guanti di pelle molto eleganti, Emma un bruciaprofumo e Marina un cuscino ricamato da lei.

Rimanemmo a guardare i regali che ci aveva fatto la mamma. Dovevamo scartarli, ma qualcosa ci faceva presagire la delusione.

La mamma era notoriamente priva di tatto, con la storia del «È per il tuo bene» in passato era riuscita a regalarmi guaine contenitive, correttore per le occhiaie e crema anticellulite.

Eravamo terrorizzate. Sapevamo che anche a distanza sarebbe riuscita a rovinarci la serata.

Cominciai io e senza troppa meraviglia trovai un kit per le unghie finte, lei odiava che mi mangiassi le unghie ed era il suo modo per farmelo capire, per Lalidia un paio di calze per riattivare la microcircolazione, ottime per le vene varicose.

Poteva andar peggio, pensammo.

Andando a letto feci una preghierina per mio padre. Mi mancava molto e sinceramente speravo che ovunque fosse in quel momento stesse meglio di com'era stato in quella casa.

L'indomani mattina suonò il telefono.

Il padre di Marina voleva salutare Lalidia e ringraziarla per la splendida serata e magari invitarla per un tè.

Lei era tutta imbarazzata, ma lusingatissima e mentre la stavo aiutando a scegliere cosa mettersi, suonò il campanello.

Sicura di dover mandare via i testimoni di Geova, rimasi a bocca aperta quando davanti a me si materializzò uno splendido, quanto inatteso, Tommaso.

Oddio, era venuto a riprendersi il lettore cd che avevo regalato a Lalidia?

«Posso entrare cinque minuti?», chiese.

«Veramente stavo uscendo, devo accompagnare Lalidia in un posto fra una mezz'ora».

Le parole mi uscivano in automatico come se non avessi mai smesso di raccontargli le mie cose, come se non fosse mai successo nulla, come se lui non fosse un bastardo!

«Ti sembrerà strano che io sia qui il giorno di Natale».

Be', in effetti sì, come mai non stai leccando lo zucchero a velo dal sedere della tua mulatta? Pensai.

«Già».

«Volevo vederti».

«Posso fare qualcosa per te?», fui molto fiera di questa frase da telefilm americano.

«Volevo parlarti di quello che è successo a Cuba».

«Non importa sai, i dettagli non mi interessano più adesso, acqua passata... davvero, amici come prima».

Quando mai siamo stati amici? Ora stavo facendo un po' troppo la dura.

«Non sto più con Sonia, volevo dirtelo, è stato un errore, mi sono comportato male con te».

«Sei stato stronzo, bugiardo e disonesto, queste sono le parole giuste», dissi con un mezzo sorriso.

«Sì, ma ora ho capito di aver fatto la scelta sbagliata».

«È tardi ora».

«Vorresti dire che non provi più niente per me? Che non mi pensi mai e che non avresti preferito passare il Natale io e te da soli magari a casa mia in montagna?».

Oddio… dovendo scegliere…

«Tommaso sai, sono stata tanto male e ora che sto meglio non voglio ricaderci più, non siamo fatti per stare insieme».

«Lei non significava niente per me, ho fatto uno sbaglio, ma tutti hanno diritto a una seconda possibilità non credi?».

La spavalderia mi stava abbandonando, e se fosse stato sincero? E se avesse veramente sofferto della mia lontananza? E se stavo perdendo la mia grande occasione?

Accidenti, come facevo a prevedere il futuro?

Si avvicinò a me e notai che stava sudando, segno evidente che aveva un cuore, considerato che eravamo in dicembre e che casa mia era piuttosto fredda.

Mi diede un bacio sulla bocca, mordicchiandomi le labbra… come si fa a rimanere insensibili quando l'uomo dei tuoi sogni ritorna pentito e con la coda fra le gambe il giorno di Natale e ti bacia come vuoi tu?

Le sirene di pericolo nelle mie orecchie erano molto peggio di quelle dei bombardamenti, ma non potevo non dargli una seconda possibilità, al peggio lo avrei lasciato io questa volta.

Il cuore mi batteva come un tamburo impazzito ed ero tutta rossa, guardai in basso, a sinistra e a destra e lui mi disse solo: «Allora ti chiamo stasera».

E se ne andò.

Ero tutta sottosopra, volevo parlarne con qualcuno, ma nessuno mi avrebbe capita.

Le amiche solitamente sono contrarie ai ritorni di fiamma, hanno una memoria migliore della tua, si ricordano di quanto hai sofferto e ti ricordano cose che tu hai volontariamente rimosso.

Non riuscivo più a vedere Tommaso in quella luce demoniaca che lo aveva illuminato fino a un minuto prima.

Continuavo a vedermelo davanti, sudato e teso, e associavo questa immagine alla prima volta che l'avevo conosciuto.

Avevo già cancellato tutto quello che c'era stato in mezzo.

Forse avevo sbagliato io, e se fossi cambiata sarebbe cambiato di sicuro anche lui.

CHI LA FA L'ASPETTI

Naturalmente aspettai la sua telefonata con finta indifferenza e con l'orecchio teso come il Commissario Rex…

Il padre di Marina ci invitò a cena, ma dissi che avevo un impegno precedente con grande delusione di tutti, ma non potevo non essere in casa la sera della prima telefonata dopo due mesi di silenzio. Avrebbe pensato che me la tiravo.

Quella sera non chiamò e non riuscii a darmi pace. Dovevo chiamarlo io? Mi stava mettendo alla prova di nuovo? Gli era successo qualcosa?

Mi chiamò il mattino dopo scusandosi, ma aveva avuto un impegno importantissimo.

Lui diceva sempre «Devo fare delle cose»; anche se usciva a comprare le sigarette doveva darsi un'aria misteriosa. Pazzesco. Io invece spiegavo sempre tutto anche troppo e poi me la prendevo se gli altri non rispettavano la mia privacy. Tutti entravano nella mia fragile vita come caterpillar senza rispettare mai i miei tempi e i miei umori. E io glielo lasciavo fare. Poi mi veniva l'ulcera.

Uscimmo due sere dopo il nostro incontro.

Mi sentivo come un acrobata su un filo senza rete. Lui era propenso a fare come se nulla fosse successo, io invece nutrivo un miliardo di perplessità.

Soprattutto fisicamente mi sentivo vulnerabile e non riuscivo a lasciarmi andare come prima.

Lui questo non lo capiva, non capiva che si era rotto qualcosa, che c'erano degli interrogativi, dei tempi da rispettare, risposte rassicuranti, coccole e bugie.

Notai però che la mia castità lo rendeva molto più disponibile nei miei confronti e cercai di farla durare il più a lungo possibile, dopo diversi aspettiamo, non mi sento e ho bisogno di più tempo scattò un'interminabile fase mestruale.

Quello che dovevo chiarire erano le ragioni che teneva nascoste sulla rottura dell'idillio con la sua Sonia, la mulatta.

Era sempre stato estremamente vago.

I primi giorni mi diceva cose tipo «Non parliamo di lei» e «Non sei felice che sono tornato da te?» e poi più sulla difensiva con frasi come «Ma la tua è un'ossessione, se lo avessi saputo non l'avrei lasciata». Io mettevo il muso e lui tornava all'attacco dicendo che scherzava.

Volevo solo che lui fosse carino con me e invece quando mi avvicinavo si allontanava e se mi allontanavo io tornava lui.

Che schema era questo?

Forse una bottiglia di Gewurztraminer mi avrebbe aiutato e, con la scusa di festeggiare la nostra riconciliazione, tornammo al mare a cena nello stesso posto della prima volta.

Avrei dovuto rimanere sobria per sottoporlo al test della verità. Al quinto bicchiere quando la sua pupilla era abbastanza dilatata cominciai a porgli una serie di domande pelose mischiate a risatine maliziose. Non doveva capire il mio piano.

«Allora era bella Cuba?», cominciai l'interrogatorio.

«Spettacolare».

«Sei stato a Cayo Largo e l'Havana?»

«Claro que si».

Odioso.

«Vuoi fare un gioco con me? Devi dire la verità o fare la penitenza». («Truth or dare» l'avevo visto nel film *A letto con Madonna*).

«Va bene».

Riempiendogli il bicchiere per la sesta o settima volta.

«Hai mai tradito un amico?»

«No, un amico no».

«La verità…».

«Ok una volta ho fregato la donna al mio migliore amico, ma ha fatto tutto lei».

«Ora tocca a te».

«A che età l'hai fatto per la prima volta?».

Che fantasia…

«A diciassette. Qual è il posto più strano dove l'hai fatto?»

«In treno. E tu?»

«In barca. E la cosa sessualmente più strana che hai fatto?»

«Sesso a tre. E tu?»

«Sesso a uno. E dove?»

«A Cuba!».

A-ha!! B-E-C-C-A-T-O!

Seguì un silenzio imbarazzante da tagliare con la sega elettrica. Ma non ero ancora contenta e feci finta di non essere assolutamente colpita.

«Sì cioè, mica questa volta, anni fa…», si corresse.

«Tommy, noi siamo una coppia aperta, a me non dà fastidio niente di quello che hai fatto quando non stavi con me, anzi è giusto, io avrei fatto lo stesso…».

Mi stavo piantando una forchetta nel palmo della mano. Stanislavskij mi faceva un baffo.

«Davvero non ti dispiace?»

«Ma figurati, ho girato il mondo, e conosco bene certi paesi e la loro atmosfera e le donne...».

Ottavo bicchiere...

«Sì, in effetti non ho mai scopato tanto in vita mia, non ho mai avuto così tante donne intorno e Sonia... be' ti assicuro che era roba dell'altro mondo!».

Che avrà fatto mai... ce l'aveva quadrata forse?

«E come mai è finita tra voi?»

«Quella stronza, l'ho trovata a letto con Filippo il mio migliore amico e come piangeva dopo...».

«Chi la fa l'aspetti».

«Voi donne siete delle attrici nate».

Alcune sono delle attrici, altre sono solo delle comparse.

OBIEZIONE VOSTRO ONORE!

A questo punto, non restava altro che aprire la porta e fuggire a gambe levate lasciandogli pagare il conto.

Ma no, ancora una volta troppo facile.

La forza di quattro generazioni di donne dai matrimoni falliti mi teneva inchiodata a quella sedia costringendomi a trovare del buono anche in quell'ammasso di immondizia maschilista e arrogante che era Tommaso.

Dovevo trovargli delle scuse e delle giustificazioni. Il mio cervellino girava vorticosamente per trovare delle risposte. Forse io ero troppo bacchettona, o peggio non avevo lo splendido culetto a mandolino di una cubana. In effetti come mi aveva fatto tempestivamente notare, ero un po' in sovrappeso, ma era Natale gli avevo risposto, «Non è una buona scusa» aveva replicato lui e mi aveva subito consigliato di iscrivermi in palestra e mettermi a dieta.

Non solo non ero scappata, ma avevo pensato che in fondo aveva ragione lui: era importante essere in forma e ambire a modelli superiori.

Tornando a casa mi spogliai e mi analizzai in mutande davanti allo specchio.

Avevo quasi trent'anni, certo non erano più venti e la forza di gravità cominciava a lasciare il segno. Le mie cosce non erano proprio filiformi e per fortuna il sedere era dietro così evitavo di vederlo e poi la pancia, quella era la cosa che mi dava più fastidio di tutte. Stando di profilo e trattenendo il respiro potevo ancora vederla. Volevo un pancino piatto e teso e invece avevo una specie di brioche. Settanta chili per un metro e settantatré. Ben sette chili di troppo.

Le amiche mi dicevano sempre una frase che mi mandava in bestia: ma tu sei alta! Come se chi è alto fosse obbligato a essere grasso! Per quanto ne sapevo poi le modelle erano tutte altissime e magrissime.

Tommaso aveva ragione: ero troppo ingombrante. Nessun uomo mi avrebbe veramente amata se sembravo, per citare mia madre, un San Bernardo.

Cosa c'era di meglio allora se non chiedere proprio l'aiuto di Tommaso per perdere un centinaio di chili, così che poi potesse sfoggiarmi in pubblico come si fa con uno splendido e sinuoso levriero afgano?

Già immaginavo noi due alle feste più trendy dove tutti ci avrebbero detto: «Oddio, siete così belli, siete una coppia perfetta!», e Tommaso orgogliosissimo avrebbe risposto: «Certo lei è la donna della mia vita… visto com'è magra?». Sarebbe stato proprio così, una coppia da televisione, da far schiattare di invidia tutti quanti. Poi lui mi avrebbe regalato la fede di Damiani disegnata da Brad Pitt apposta per me e saremmo andati in viaggio di nozze a Mauritius dove io gli avrei fatto da guida conoscendo perfettamente il posto e avrei fatto un figurone.

Dovevo solo cominciare la dieta che mi aveva preparato Tommaso. Colazione: un caffè con dolcificante. Pranzo: 70 gr. di bresaola e una mela. Cena: minestrone a volontà.

Facile. Se mi toglievo quel brutto vizio di mangiare ce l'avrei fatta senz'altro.

"COLAZIONE" A RIPETERE

Qualche giorno dopo, un taxi arrivò nel vialetto di casa e vidi scendere mia madre con un cappello a tesa larga e i suoi soliti occhiali da sole. Camminava tutta rigida con l'aria dolorante e si intravedevano i cerotti intorno alle tempie.

Eccoci, pensai, ha oltrepassato il punto di non ritorno.

Sicuramente si era fatta un lifting, ma si era fatta tirare anche qualcos'altro? Non potevo fare a meno di pensare alla sua urna cineraria a forma di vascello egizio con dentro le sue ceneri e due enormi protesi al silicone!

Scesi giù di corsa per salutarla, ma lei mi fece un gesto con la mano guardando dall'altra parte e mi disse che andava in camera a riposare e per piacere di non disturbarla.

Rimasi davanti alla porta chiusa giocherellando con una ciocca di capelli, indecisa se urlarle degli insulti senza senso o sedermi per terra a piangere.

Per la prima volta sentii un impulso irrefrenabile e disperato che mi veniva dallo stomaco, come se un neurotrasmettitore si fosse staccato e mandasse impulsi impazziti al mio cervello.

Mi avventai sul frigorifero con il solo disperato scopo di placare quella sensazione di vuoto siderale che c'era dentro di me.

Divoravo di tutto senza sentire i sapori intervallando biscotti a bicchieri di latte, pizza fredda, yogurt, succo d'arancia, salame, verdura lessa, birra e ancora biscotti. E anche se il limite di capienza era ormai superato da un pezzo, lo stop non arrivava mai, la mano era più rapida del cervello, mi ingozzavo con voracità e rapidità per non dare mai il tempo al mio stomaco di saziarsi.

D'un tratto alzai la testa e vidi, incollata allo sportello della credenza, la dieta che mi aveva scritto Tommaso e la frase minestrone a volontà mi fece ritornare alla mente i buoni propositi presi tre giorni prima. E corsi in bagno a vomitare.

Il bagno aveva sempre rappresentato un rifugio sicuro quando ero piccola. Da adolescente ci passavo le giornate, ci facevo anche i compiti.

Ora mi sentivo come un animale braccato.

Mi bagnai le mani, misi della carta igienica sul fondo della tazza, mi inginocchiai e mi infilai l'indice e il medio della mano destra bene in gola.

Quella di vomitare era una pratica che odiavo più delle punture o di un clistere, ma era vitale ormai per porre rimedio a quell'enorme sgarro.

Dovetti insistere per una buona mezz'ora. La gola mi faceva male, forse mi ero graffiata con le unghie e mi usciva un po' di sangue, ma a forza di insistere finalmente riuscii a liberarmi. Sentii subito una grande sensazione di pace e anche di purezza, ma paradossalmente anche di esaltazione.

Ora con la bocca acida non avevo più fame e anche se l'avessi avuta, avrei potuto ricominciare a mangiare in qualunque momento senza timore di espandermi.

VUOI METTERE VIA COL VENTO?

La mia relazione autolesionista con Tommaso durava già da qualche settimana e naturalmente mi ero ben guardata dal raccontarlo in giro.

Da questo punto di vista ero peggio di lui, perché la vergogna notoriamente non è sintomo d'amore, ma mi dicevo che stavo solo aspettando il momento giusto e che presto sarebbe arrivato, allora sarebbe stata una gran sorpresa per tutti.

La Sfinge nel frattempo si era tolta le bende e dimostrava vent'anni di meno, senza più doppio mento, borse sotto gli occhi, rughe di espressione ed espressione. Disgraziatamente non avevano potuto far niente per attenuare quella sua aria infelice.

Finalmente una sera mamma invitò a cena il mitico Giulio.

Io e Lalidia non stavamo più nella pelle dalla curiosità. Presentarlo ufficialmente alla famiglia era un gesto di profonda fiducia nei nostri confronti e forse era alla ricerca di approvazione. Capimmo dopo che non era né l'una né l'altra cosa.

Mia madre relegò me in camera a badare agli animali e Lalidia servì a tavola fino a tardi, povera donna.

L'indomani Lalidia mi raccontò che il fidanzato della mamma non le piaceva affatto.

Primo: era giovanissimo. Non capivo cosa intendesse lei

per giovanissimo, aveva rifiutato la corte del padre di Marina perché aveva un anno meno di lei, ma lei insisteva dicendo che Giulio si vestiva da giovane perché portava gli stivali e poi era maleducato.

Ora, passi per la giovane età, ma la mamma odiava i maleducati, questo era uno dei pochi punti a suo favore e non capivo che cosa avesse fatto. Aveva lasciato il gabinetto sporco, la tavoletta alzata e poi l'aveva chiamata schioccando le dita.

Mia madre si era senza dubbio fatta asportare un pezzo di cervello e tutto il restante buon senso, figuriamoci che obbligava mio padre a fare pipì seduto per evitare di schizzare in giro, questa era davvero la menopausa!

Ma non poteva finire la sua vita in un dignitoso stato vedovile curando le rose, facendo l'ambasciatrice per l'Unicef e organizzando raccolte di fondi per la Croce Rossa?

Mi vedevo in ginocchio a lucidare gli stivali di pitone di Giulio mentre lui se ne stava seduto sulla poltrona di mio padre fumando il sigaro, con Lalidia che gli preparava un Martini cocktail. Che orrida prospettiva.

Mio padre le aveva lasciato tutto e tutto voleva dire abbastanza, ma lei aveva veramente parecchio e questo la rendeva certamente appetibile. Ci mancava altro che si fosse innamorata, sarebbe stata la rovina.

Questa cosa mi fece venire voglia di mangiare tre quarti di Quiche Lorraine riscaldata nel microonde accompagnata da un pacchetto di wafer alla nocciola e mezzo litro di latte che poi vomitai diligentemente.

L'indomani avevo appuntamento con Marina: aveva grandi novità.

Si era truccata leggermente, aveva messo un golfino verde e aveva tirato su i capelli, ma quello che la rendeva diversa era un'aria più sicura di sé, non teneva le spalle ricurve come faceva sempre, aveva la testa alta ed era meravigliosamente sorridente.

Speravo che Fabrizio non avesse fatto qualche cazzata tipo baciarla fra gli schedari e illuderla definitivamente.

Mi disse invece che suo padre aveva ricominciato a uscire, forse anche troppo e la faceva preoccupare a morte e poi le aveva detto di voler vendere la casa e infine le aveva consigliato di trovarsi un fidanzato, ma la cosa più importante è che non pensava più a Fabrizio, ma si sentiva da un mese con Christian, il fratello di Emma.

Mi sentii un po' invidiosa di queste belle novità, io non potevo certo raccontarle che mia madre si era rincretinita, io mi ero rimessa con Tommaso e, per non ingrassare, vomitavo ogni mio pasto e che le uniche soddisfazioni le ricevevo da Arturo il gatto. Cercai di mostrarmi veramente felice per lei.

Vedersi con Christian non era facile perché Emma non doveva assolutamente saperlo.

Per com'era fatta Emma ci rendevamo conto che se avesse saputo che il suo adorato fratellino stava uscendo con una ragazza sarebbe stata tragedia assicurata. Soprattutto se la ragazza era Marina.

Emma non poteva vedere Marina perché la considerava senza palle, debole, bacchettona e scialba e Marina dal canto suo temeva Emma e le sue piazzate come la peste.

Anche noi le temevamo però poi ci facevamo quattro risate.

Marina invece prendeva tutto quello che diceva Emma come il Giudizio Universale, come se Emma fosse a conoscenza della Verità assoluta e ci volevano due settimane per ricucire la sua autostima.

Christian era un ragazzo interessante, anche se non era il

mio tipo, era troppo magro e alto. Studiava filosofia, cantava in un gruppo grunge e scriveva poesie, oltre a bere whisky come fosse acqua, ma questo era un vizietto di famiglia.

Ognuno aveva i suoi scheletri nell'armadio.

Mi lesse alcune cose scritte da lui e non mi stupì affatto che lo trovasse così irresistibile. Aveva in tutto e per tutto il fascino del bohémien maledetto strafatto di assenzio.

Senza dubbio Emma e Christian meritavano molto di più rispetto a tutti i calci che avevano preso. Avevano talento e coraggio da vendere, e in cuor mio speravo tanto che un giorno avrebbero avuto un briciolo di quell'amore che li rendeva tanto affamati.

Per un pomeriggio intero Marina mi parlò di come si muoveva Christian, come parlava Christian, come cantava e come scriveva.

Nelle sue poesie c'erano martelli che sbattono sulle corde giuste… assordante brusio della sciocchezza… macchine per orgasmi a comando… e cieli troppo occupati a mangiarsi l'orizzonte.

Quel ragazzo era geniale, il problema era Emma che doveva capire che il periodo degli *enfants terribles* era finito e che loro due si dovevano separare per essere felici e andare ognuno per la sua strada.

GUAI IN PARADISO

Elisabetta era sparita da un paio di settimane. Era partita per un viaggio col suo fidanzato alle Maldive. Doveva rimanere una settimana soltanto, ma poi lui aveva insistito per prolungare di un'altra. Che sfiga! Unendolo al fatto che Emma era stata veramente scelta per una parte in un cortometraggio, e che Marina aveva trovato l'amore della sua vita proprio adesso, ero definitivamente invidiosa di tutte le mie amiche. Tutte quante.

Volevo anch'io qualcosa di eclatante da raccontare, qualcosa di definitivo e sicuro che avrei potuto fare mio, un'idea da abbracciare, uno scopo da perseguire, qualcosa in cui riconoscermi e in cui gli altri avrebbero potuto riconoscere me.

Se avessi avuto le idee chiare, sarebbe stata chiara anche la strada che avrei potuto seguire.

La vita doveva essere una specie di equazione del tipo: il lavoro sta alla passione come la carriera sta all'ambizione.

Adesso tutto quello che avevo fatto negli anni in cui avevo viaggiato, non mi sembrava più tanto speciale, soprattutto perché a nessuno interessava. Tutti erano concentrati nel qui e ora, nella frenesia di fare tutto e subito, guadagnare sempre più soldi, sposarsi, fare figli entro i trentacinque, combattere la depressione, l'ansia e la ritenzione idrica e vincere il tempo che passa.

A me sarebbe piaciuto fare il lavoro di Steve Irving su Discovery Channel, quello che va a rompere i coglioni agli animali, a prendere i serpenti in mano, carezzare gli squali, strapazzare la criniera ai leoni e così via. Ma non sapevo neanche da che parte cominciare.

Tutte le carriere partivano da un'idea, sempre la stessa da che si è bambini. Da quello che riuscivo a ricordare, da bambina volevo fare la veterinaria, ma siccome alla laurea occorrevano cinquantacinque esami, mio padre mi aveva consigliato di lasciar perdere, allora mi ero fissata sul voler aprire una merceria.

Adesso era arrivato il momento di prendere il toro per le corna. Dovevo trovare il modo di andare ad abitare da sola.

Con mia grande meraviglia, mia madre mi disse che l'appartamentino che mi spettava da secoli e che mi aveva lasciato personalmente mia nonna, era occupato da Giulio e i suoi stivali di pitone. Lui era stato sfrattato e per il momento non aveva posto dove andare.

Questo era un affronto da un barattolo gigante di Häagen Dazs alle noci di macadamia più mezza Sacher Torte.

Stronza! Stronza! Gigantesca stronza!

Come aveva potuto farmi questo? Esattamente come quando a dieci anni regalò tutte le mie Barbie più belle, compresa quella dai capelli lunghissimi, alla figlia della sua amica. «Tanto tu non ci giocavi più!».

Ma che ne sapeva lei con cosa giocavo io? Speravo le saltassero tutti i punti.

Presa dalla rabbia e dalla vendetta scrissi un biglietto con la macchina da scrivere.

«Sappiamo tutto di te. Lascia la città o racconteremo alla polizia quello che hai fatto».

Un imbecille come quello aveva sicuramente qualcosa da nascondere e con quell'avvertimento speravo davvero di togliermelo di torno.

Mi appostai vicino a casa aspettando che rientrasse per vedere la sua reazione. Dopo alcune ore lo vidi rientrare. E dieci minuti dopo eccolo alla finestra che guardava sospettoso fuori, prima a destra, poi a sinistra, poi giù e poi ancora a destra per poi abbassare la tapparella.

Missione compiuta. Ora era solo questione di tempo.

Il giorno dopo all'alba tutta la casa venne svegliata da una scampanellata incivile. Non avevo dubbi che fosse lui che era venuto a piangere da mammina. Seduta sulle scale sentivo tutto.

«Guarda!... Guarda questa lettera, mi vogliono incastrare!», si lamentava.

«Ma tu cosa hai fatto per farti incastrare?», diceva la mamma.

«Ma niente, ti giuro, niente... sono pulito, ora sono pulito».

«Perché, si era sporcato signore?», interveniva Lalidia che preparava il caffè.

«Lidia per favore torna in camera tua, qui faccio io!».

«Mi sono fatto un annetto di carcere per furto quando avevo vent'anni, ma è stato tanto tempo fa, ero un ragazzino, ora sono cambiato».

«Non mi va di avere in casa dei pregiudicati».

Grande mamma!

«Ma eravamo poveri, mio padre era malato, io ero il più grande dei miei fratelli e per farli mangiare, poverini, un giorno rubai un orologio per venderlo al banco dei pegni, perché la mia povera mamma si era già impegnata tutto».

Come no, adesso parte la musica del *Padrino*. Dio mio fa

che non ci caschi, ti prego Dio illumina questa donna perché non sa quello che fa!

«Giulio… non so, sono un po' in imbarazzo…».

«Ti capisco, lo sarei anch'io al posto tuo, ma se tu che dici di amarmi non mi dai un po' di fiducia, chi sarà disposto a darmela?».

Bastardo, attore di soap opera messicane, falso come i soldi del monopoli, scommetto che sta piangendo.

«Ma certo che mi fido di te, sciocchino, sarà stato uno scherzo».

E brava scema.

Intanto comunque la pulce nell'orecchio ce l'avevano tutti e due. Dovevo scrivere al più presto un'altra lettera anonima e questa volta dovevo fargli molta più paura.

I MIEI PRIMI TRENT'ANNI

Una settimana dopo era il mio compleanno. Compivo trent'anni e prima di abbandonarmi definitivamente ai piaceri del Prozac, decisi di fare una cena in un locale molto di tendenza con tutti noi. Sì anche quelli che era meglio non fare incontrare, in fondo era la mia serata e io potevo decidere di invitare chiunque avessi voluto.

Ero uno schianto, con tutti i chili che avevo perso col mio metodo infallibile! Avevo un pantalone gessato a vita bassa a prova di cellulite, tacchi alti e una camicia nera stretta con un bottone dimenticato aperto da cui occhieggiava il mio reggiseno delle meraviglie.

Anche Tommaso mi fece i complimenti, si stava avvicinando il giorno in cui i fotografi ci avrebbero scambiati per David e Victoria Beckham e ci avrebbero detto che noi eravamo molto più belli.

Elisabetta era superbamente abbronzata e trasudava felicità da ogni poro. Se fosse arrivato l'annullamento del matrimonio si sarebbero potuti sposare anche subito. Emma arrivò con Antonio e mi stupì che non avesse noleggiato una limousine, la sentimmo gridare al buttafuori «Lasciami coglione disforico, lei non sa chi sono io».

Disforico? Doveva essere la parola della settimana.

Marina tutta vestita di rosa arrivò con Christian, solo che

Christian non aveva avvertito la sorella delle ultime novità e quindi dovetti farle credere che era stata una mia idea e che Marina non aveva un cavaliere.

Avrei potuto ingannare un'attrice?

Sì, se l'avessi fatta bere e le misi subito in mano un calice pieno di prosecco. Alla mia!

Sarebbe stata una lunga serata.

Tommaso era in una di quelle serate in cui dava il meglio di sé. Parlava di tutto con tutti, riempiva i bicchieri alle signore e per primo il mio, era estremamente cortese e per nulla competitivo. Flirtava con le altre quel tanto che basta per non essere di cattivo gusto e mi diceva nell'orecchio le cose incredibili che voleva farmi più tardi. Anche per questo volevo che Giulio sloggiasse rapidamente da casa mia. Mi ero stufata di farlo in macchina o nella sua cameretta con la mamma che bussava ogni dieci minuti per offrirci il tè.

L'antipasto e il primo passarono senza problemi, ma dopo il sorbetto al limone che intervallava il primo e il secondo, Christian si alzò per andare in bagno lasciando sola e indifesa la povera Marina.

«Come mai sei qui con mio fratello?», insinuò Emma.

«Perché...», tentennò Marina.

Ma sì cazzo diglielo, pensai, dille che stai con suo fratello e che se ne faccia una ragione.

«Ti piace mio fratello?»

«A me piace», dissi io per sviare le saette.

«Mio fratello è uno spettacolo, cazzo, lui è un mito, nessuna donna al mondo se lo merita», biascicò Emma giocando con una sigaretta.

«Dici sempre un sacco di cazzate», fece eco Antonio il saggio.

«Che ne sai tu di quello che abbiamo passato noi», riprese Emma già sul piede di guerra.

«Lo sanno tutti quello che avete passato voi», tuonò Marina alzandosi in piedi. «Nessuno è stato risparmiato dalla tua tragedia personale Emma, lo hai fatto pesare a tutti quanti, nessuno ha sofferto più di te e nessuno è degno di te o di Christian. Questo sempre secondo te. Ma lui è molto diverso, ne ha abbastanza di te e delle tue paranoie, lui vuole cominciare a vivere, non vuole più dipendere emotivamente da te. Vuole vivere una vita normale con persone normali, si è rotto le palle di nascondersi al mondo, si è rotto le palle di nascondersi a te perché tu non fai che giudicarlo. Lui NON è vostro padre Emma, e lui non è di TUA proprietà!».

E si verificò un vero e proprio miracolo.

Emma non rispose.

Un secondo dopo entrò Christian e trovò tutti ammutoliti e Marina in piedi.

«Che succede qui?», chiese.

«Stavo aspettando te per proporre un brindisi…», riprese Marina trionfante, «…A tutti noi, nella buona e nella cattiva sorte!».

Cin.

La serata si rivelò una vera sorpresa.

Emma era stordita, ma aveva capito.

Marina aveva vinto le sue paure e cominciava a tirare fuori il leoncino che c'era dentro di lei.

Elisabetta mi confidò che forse aspettava un bambino, motivo in più di tanto splendore, e Tommaso non fu antipatico nemmeno una volta. O quasi. In realtà fece un po' lo scemo con la barista, ma niente di cui preoccuparsi.

Christian mi regalò una canzone di Dave Matthews alla chitarra.

Non mi sentivo più invidiosa di nessuno, o almeno non quella sera. Quella sera era tutta mia, ogni minuto, ogni secondo mi appartenevano e tutto era perfetto, io ero perfetta, la vita era perfetta.

Almeno per quella sera.

SECONDA LETTERA...

«Forse non siamo stati chiari, ma lo saremo molto presto. È una promessa».

Mi sembrava di essere Miss Marple, avevo un futuro come ricattatrice!

Avrei voluto tanto ritagliare le lettere dal giornale, ma non volevo perdere troppo tempo e seminare tracce. Se la mamma si fosse mossa a compassione, ne aveva fin troppi di amici in polizia a cui chiedere un favore, mi avrebbero beccata subito e allora sai che figura, l'avrebbe fatto pubblicare sul giornale.

Titolo: "Figlia gelosa ricatta il fidanzato della madre". E sotto: "La madre denuncia la figlia".

Mi vestii da imbucatrice di lettere minatorie e andai ad appostarmi sotto casa mia.

Avevo sottobraccio i volantini del supermercato, in modo che se qualcuno mi avesse sorpresa con le mani nella cassetta avrei avuto una scusa più che buona.

Non vedendo nessuno nei paraggi mi spinsi oltre. Salii le scale per infilare la lettera sotto la porta come nei film veri. Il gioco mi aveva preso la mano. Dovevo fare tre piani a piedi. Se mi avesse beccato in quel momento sarebbe stata la fine. Giulio doveva capire che i suoi ricattatori non stavano affatto scherzando e che erano a conoscenza di ogni suo movimento.

Attraversai il primo piano senza problemi, il palazzo era uno di quei vecchi stabili con le scale poco illuminate e strette, al secondo piano incontrai una mamma impegnata a montare il passeggino del figlio e non badò a me. Finalmente arrivai al terzo piano. Il mio piano.

In punta di piedi mi avvicinai alla porta. Sudavo freddo. Estrassi con cautela la busta dalla tasca dell'impermeabile e feci per chinarmi quando sentii delle voci dall'interno, voci che si avvicinavano alla porta.

Oggesù. Il panico.

Fu allora che vidi la pianta. Una pianta gigantesca in un angolo sotto la finestra, mi buttai là dietro. Se mi avesse vista avrei fatto finta di essere una ladra. Avrei preferito il titolo: "Figlia deruba il fidanzato della madre", e sotto: "La madre denuncia la figlia", all'umiliazione. In fondo era di casa mia che si parlava.

Nascosta dietro il ficus benjamin assistetti alla seguente scena:

Giulio accompagna alla porta ragazza bionda giovane e tettona.

Giulio indossa solo i suoi stivali di pitone e un boxer bianco. Ha la pancetta.

Giulio bacia sulla bocca la tettona e le dice allora a domani amore.

A domani amore??

Ma perché non ero rimasta tranquilla nella mia isola? A quest'ora sarei stata sposata e madre di cinque figli anziché accucciata come una cretina dietro un ficus benjamin a spiare il ragazzo di mia madre fresca di lifting.

Giulio non mi vide e chiuse la porta, in compenso la vicina venne subito a informarsi su cosa stessi facendo lì dietro e naturalmente mi spacciai per la manutentrice delle piante d'appartamento. La signora insistette perché andassi a vedere i suoi gerani che non crescevano.

Scendendo un'ora e mezzo dopo infilai la mia lettera nella mia buca. Se non avesse funzionato, avrei portato la macchina fotografica.

E la mia povera madre si era fatta rifare tutta nella speranza di piacere a quell'imbecille.

COME DIRE ALLA PROPRIA MADRE CHE HA SBAGLIATO TUTTO NELLA VITA E VIVERE FELICI... O QUASI

«Mamma, l'uomo per cui hai perso la testa è uno stronzo che si approfitta di te...».

No. Troppo diretto.

«Mamma, forse dovresti riconsiderare le tue posizioni riguardo a Giulio...».

Troppo vago.

«Mamma, Giulio è morto!».

Troppo catastrofico.

In ogni caso l'incipit era solo un dettaglio, perché una volta cominciato a parlare avrei dovuto spiegarle l'accaduto e spezzarle il cuore. E a che pro poi? Contenta lei... Io però volevo il mio appartamento, mi spettava di diritto, rappresentava la mia libertà, l'inizio di una nuova vita, una vita più stabile, una vita mia e di Tommaso, che avrei convinto a venire a vivere con me.

Già perché questo mi ronzava ormai nella testa: la convivenza. Volevo anch'io, al pari delle mie amiche, qualcosa di cui potermi vantare. Volevo una di quelle storie chc ti racconta la parrucchiera mentre ti fai i colpi di sole: «lo sapevi che lui... che bla bla... lasciata... bla, bla... cubana... tornato da lei... bla, bla... sposata... felici e contenti».

Era il mio unico scopo e avrei fatto qualunque cosa per ottenerlo. Non ero da meno delle mie amiche.

Aspettai mia madre che era uscita con le sue amiche della Croce di Malta e quando tornò l'affrontai.

«Mamma, ti devo parlare, è importante».

«Oddio, ti è successo qualcosa?».

Come ho già detto, lei riusciva sempre a spiazzarmi, quando ti immaginavi che fosse aggressiva, diventava improvvisamente tenera e materna.

«No, non a me… si tratta di Giulio».

«Giulio?»

«Sì, non sei l'unica donna che frequenta in questo momento, volevo che lo sapessi».

«Vuoi dire che frequenta anche te?»

«Ma no mamma! Che c'entro io adesso… l'ho visto insieme a una ragazza in atteggiamento molto intimo e… secondo me stanno insieme».

«Sei sicura di quello che dici?»

«Sicurissima».

«Bene, hai fatto bene a dirmelo, prenderò i dovuti provvedimenti».

Wow, calma, dignità e classe. Mi ero immaginata una scena alla Magnani con tanto di capelli strappati e collasso e invece ecco una perfetta e impeccabile donna dell'alta società reagire senza batter ciglio a un volgarissimo tradimento.

Secondo me dopo il lifting le avevano proibito di piangere e gridare e quindi si tratteneva per poi sperimentare una qualche nuova forma di sfogo autolesionista tipo provocarsi dei tagli.

Non ero tanto tranquilla di quella reazione, non era da lei. Mia madre era più plateale e isterica. Ma io lo sapevo chi era mia madre?

Tre giorni dopo entrò in camera mia e mi chiese se potevo

accompagnarla a casa di Giulio e io la corressi: «A casa mia vorrai dire...».

Mi disse di aspettarla sotto in macchina mentre lei andava a stanare il topo. Dopo cinque minuti ero già salita al secondo piano in assetto da spionaggio.

La scena era appena cominciata. Giulio cercava di difendersi con le classiche frasi di circostanza «Lasciami spiegare... non è come pensi tu... è solo un'amica», mentre mia madre si stava esibendo in uno dei suoi famosi silenzi accusatori che celano un sottinteso «Mi hai deluso profondamente».

Uffa, volevo vedere la faccia di Giulio e non potevo allungare il collo più di tanto.

«Vorresti dirmi chi è la signorina?», disse mia madre riferendosi alla tettona.

«Ma dai Camilla, non vorrai mica credere che io e lei... ma no dai, la tua è paranoia».

«Ti prego Giulio di non usare quelle parole con me, ti ho solo fatto una domanda precisa».

«Ma niente ti giuro non me ne frega niente di lei».

«*Excusatio non petita... accusatio manifesta*».

«Perché parli inglese adesso?»

«È lat... Lasciamo perdere... Credo sia meglio che tu te ne vada, adesso».

«Andarmene? E... dove? Io non ho un posto dove andare, io... non ho che te».

"Ommioddio... Se ci ricasca è la fine", ma qualcosa mi diceva che ci sarebbe ricascata.

«Bene Giulio, ma questa volta faremo a modo mio».

«Tutto quello che vuoi Camilla mia».

In quel momento uscì la signora dei gerani e dovetti dirle

che stavo misurando l'umidità dell'aria con un dito e questo mi fece perdere il resto della conversazione.

Appena libera mi precipitai in macchina facendo finta di essere impegnatissima a scrivere messaggi al cellulare.

Lei entrò in macchina e dopo alcuni secondi di silenzio disse: «Casa tua è libera».

«Oh», dissi io. «E... Giulio dove andrà?»

«A casa nostra, se tu te ne vai la tua stanza è libera».

«Ma mamma, stai facendo uno scambio culturale forse? O fai l'affittacamere?»

«Lo vedi? Non sei mai contenta», disse lei che un po' aveva ragione, «volevi la tua casa e ora ce l'hai, che altro vuoi?».

Come facevo a gridare: «Che lui esca dalla tua vita?», che volevo una madre sobria, rassicurante, fiera delle sue rughe, qualcuno su cui avrei potuto contare quando avrei avuto dei figli, qualcuno che mi avrebbe abbracciata e protetta.

Ma poi mi venne in mente che non l'aveva mai fatto e quindi le chiesi:

«Mamma, ma ti manca mai papà?».

Fece una lunga pausa poi rispose:

«Tuo padre mi manca tutti i giorni che Dio mette in terra, ma cosa vuoi, che io resti sola per tutto il resto della vita? È questo che mi auguri? Che invecchi in quella casa insieme a Lalidia e con te su cui non si può mai contare?».

Troia!

«Perché su Giulio si può contare forse?», dissi stringendo il volante.

«Almeno lui c'è».

«Lui ci sarà finché ci saranno i soldi mamma, e sei ridicola se fai finta di niente».

«Non me ne frega niente!», strillò. «Giulio mi ama, Giulio ama me e questo non è un problema tuo!».

Era patetica, ma la comprendevo ed ero terrorizzata che per paura della solitudine un giorno sarei finita come lei.

Un giorno mi sarei attaccata a qualcuno che non mi amava pur di non stare da sola.

MAMMA MIA!

Passai la notte a rigirarmi nel letto paragonandomi a Christina Crawford, Barbara Davis e Carrie Fisher, figlie rispettive di Joan Crawford, Bette Davis e Debbie Reynolds, nonché autrici di autorevoli biografie infamanti le loro divine madri.

In *Mammina cara*, Christina accusava la madre adottiva Joan Crawford, ormai defunta, di averle procurato ogni tipo di abuso psicologico e fisico, la madre infatti dopo averle reso la vita impossibile l'aveva diseredata scrivendo nel testamento: "A te non spetta nulla per le ragioni che tu ben conosci".

Barbara invece aveva pubblicato un libro simile in cui descriveva Bette Davis come una madre nevrotica e alcolizzata, ma commise l'errore di farlo mentre sua madre era ancora viva e vegeta. Questa infatti si vendicò scrivendo un'autobiografia in cui la ringraziava dell'informazione, si rammaricava dell'accaduto, si augurava che vendesse molte copie grazie al suo cognome e, *dulcis in fundo*, la diseredava.

Carrie Fisher infine, ex principessa Layla di *Guerre Stellari*, raccontava in *Cartoline dall'inferno* la schiacciante competizione con la madre, la leggendaria Debbie Reynolds, impeccabile e irraggiungibile icona del cinema hollywoodiano, soprattutto dopo che suo padre era scappato con la migliore amica di famiglia: Liz Taylor.

La Fisher per la legge di compensazione non aveva potuto far altro che abusare di ogni sorta di droga per circa trent'anni.

Ma si rendono conto le madri dei disastri che possono commettere?

Passiamo metà della nostra esistenza a odiare i nostri genitori e l'altra metà a cercare di perdonarli e quando ci riusciamo la vita è finita.

In fondo mia madre aveva ragione, se voleva farsi prendere per i fondelli dal primo arrivato era un problema suo, questo non doveva riguardarmi.

Ma dirlo era più facile che farlo. Non riuscivo a controllare minimamente le mie emozioni, non riuscivo a fregarmene e tanto meno a dare un senso alla mia vita.

Finché non fossi riuscita a dare una dimensione a mia madre, prenderla per com'era e quindi a superarla non sarei riuscita ad accettare le parti di me che mi ricordavano lei e di conseguenza non avrei mai veramente amato me stessa.

LA LEGGE DI MURPHY
(se qualcosa può andare storto... lo farà)

Pochi giorni dopo, Giulio aveva sloggiato.

Entrai in casa mia tutta emozionata. Era un appartamento piccolo, ma delizioso. Sulla sinistra c'era il salotto con una grande finestra all'inglese, il camino, un tappeto gigante, un divano e una decina di cuscini disseminati qua e là, sulla destra un minuscolo cucinotto, e sul soppalco la camera da letto. Parquet per terra e travi a vista. La cosa più bella che mi fosse capitata da circa un anno.

Il doppio trasloco fu veramente rapido perché se c'era una cosa che mi accomunava con Giulio era il fatto che non possedessimo quasi niente.

Quando portai fuori l'ultimo scatolone di roba e la gabbia col gatto, andai a salutare mia madre, che mi disse: «Vedi di non essere una cialtrona come tuo solito».

Ultimamente quando lei mi diceva qualcosa mi venivano in mente solo parolacce… chissà perché.

Questa volta mi venne in mente «Fottiti», ma naturalmente le dissi solo: «A presto mamma».

La prima sera nella mia nuova casa la passai a disfare le scatole con le mie cose. Poche a dire il vero, soprattutto libri e vestiti, che lasciai deliberatamente per terra. Mangiai una pizza seduta sul tappeto perché non avevo sedie, bevendo un ottimo champagne caldo dalla bottiglia perché non avevo bicchieri e girai tutta la sera in reggiseno e mutande ascoltando il disco degli indiani, con una decina di candele accese sparse un po' dappertutto.

L'istinto mi diceva che avrei fatto meglio a godermi quell'assoluta libertà il più a lungo possibile, invece di condividerla con Tommaso, ma io non ascoltavo mai l'istinto, altrimenti sarei rimasta alle Bahamas.

Immaginavo la scena: «Tommaso... adesso che ho una casa tutta mia, la divideresti con me?»

«Certo amore, sono così felice che tu me lo abbia chiesto, non aspettavo altro, ti farò felice vedrai!... Lo sai che ti amo».

Ma la realtà... fu leggermente diversa.

Per fare le cose come nella pubblicità, decisi di invitare Tommaso a cena fuori e fargli la grande proposta.

In effetti tutte le volte che dovevo dirgli qualcosa lo portavo al ristorante, ma se era sobrio non riuscivo proprio ad affrontarlo, era talmente razionale che riusciva a farmi vacillare ogni volta che discutevamo. Sarebbe riuscito a convincermi a cambiare sesso se avesse voluto.

Un paio di bicchieri di prosecco me li feci anche io prima di uscire di casa, e poi li camuffai con tre o quattro Vivident senza zucchero.

Questa volta potei osare un vestito corto con tacco alto. Mi sentivo improvvisamente adulta e consapevole.

Lui invece parve perplesso e stranamente taciturno.

Arrivò a prendermi con la consueta puntualità da psicopatico e per non sciupare la sorpresa gli diedi appuntamento all'angolo della via dove mi chiesero due volte quanto volevo.

«Allora dove andiamo?», chiese.

«Ho fissato in un bel posto», e dissi il nome.

«Che palle ma lì fanno solo pesce, io non voglio mangiare pesce stasera».

Nemmeno gli avessi proposto di mangiare del fango…

«Dai è una serata speciale, devo darti una grande notizia».

«Mmh, vabbè, ma non facciamo tardi, domani mi devo alzare presto».

Mi chiedevo perché non lo presentavo a mia madre, sarebbero stati una coppia perfetta, cazzo.

Una volta al ristorante dopo aver scelto i piatti (il solito antipasto con secondo alla griglia) e fu il momento di scegliere il vino, Tommaso disse: «Per me acqua naturale grazie!».

«Come acqua naturale, non vuoi un po' di vino?»

«Se vuoi prendilo tu, io non lo voglio, non durante la settimana».

Questa poi…

«Ma non posso bere da sola, è da sfigati!».

«Sgarro solo una volta alla settimana, lo sai, stasera che è lunedì non avrebbe senso, domani dovrei allenarmi almeno due ore».

«Okay, allora acqua anche per me».

Merda, si faceva tutto più difficile adesso.

Quando il cameriere si allontanò scese il silenzio.

Io cominciai a giocherellare con una mollica di pane, mentre lui si guardava intorno.

«Che mi dovevi dire?», chiese improvvisamente.

«Volevo dirti che…».

«No, dico, non sarai mica incinta vero?»

«Io incinta? No, veramente no».

«Ah meno male, sennò ero nella merda».

«No, volevo dirti tutta un'altra cosa… cioè… adesso

che… la casa, cioè… di mia nonna… è libera… Cameriere, mi scusi, posso avere mezzo litro di vino bianco della casa?»

«Ma non era da sfigati?»

«Pensa per te. Dicevo, sì, ora che la casa di mia nonna è libera e visto che il nostro rapporto è consolidato sarebbe bello che…».

Mi aveva completamente spiazzato con quell'uscita.

Nella merda lui? Nella merda tutti e due casomai e poi perché nella merda, non avevamo mica quindici anni! Quasi quasi non glielo dicevo nemmeno.

«Cosa sarebbe bello?»

«Sarebbe bello che vivessimo insieme».

Silenzio.

«Vivere insieme? Ma è proprio necessario?»

«Oddio, necessario… Tommaso, nessuno ti obbliga, mi sembrava una bella proposta, nessuno ti punta una pistola alla tempia».

«Non so, non credo che piacerebbe a mia madre».

«Che c'entra tua madre adesso?»

«A lei non piacciono i cambiamenti, sono l'ultimo figlio che è rimasto in casa, si sentirebbe sola…».

«Quindi non te ne andrai mai di casa».

«Non so, comunque non adesso».

«Bene… allora, mi sembra inutile continuare la conversazione», e feci per alzarmi.

«Non farai una scenata spero!».

«No no, stai tranquillo, me ne vado solo a casa mia».

Uscii dal locale. Pioveva, come sempre quando litigavo con lui. Piangevo e non capivo.

Perché preferiva mammina a me, il grand'uomo?

Sperai che uscisse dal locale e mi abbracciasse e mi dicesse «Non pensavo che fosse così importante per te questa cosa, mi trasferirò domani da te sei contenta?».

Invece non venne nessuno e il mio cellulare non squillò mai quella notte e io mi feci lasciare dal tassista a un bar aperto dove poter fare incetta di barrette di cioccolato, gelati e patatine, che, al solito, finirono nello scarico.

SCEMI E SCIAMANI

Il giorno dopo Emma piombò a casa mia per "purificare" l'aria con incensi, sale grosso e altre candele.

Sinceramente temevo che avrebbe risvegliato la collera di qualche spirito incazzato, ma lasciai fare, tanto se ero certa di una cosa è che nessuno di noi sapeva quello che stava facendo.

Lei e Antonio si erano lasciati, con grande sollievo da parte di tutti e soprattutto da parte della moglie di lui che aveva minacciato Emma di morte a più riprese.

Obbligò me e Arturo il gatto a sdraiarci in un cerchio formato da una ventina di lumini, rimanendo fermi con un bastoncino di incenso in mano, mentre lei ripeteva un mantra.

Non posso descrivere quanto mi sentissi cretina in quel momento, ma Emma era completamente assorbita dal rito e io non volevo inimicarmi nessuno spirito.

Mentre stavo per addormentarmi nel cerchio di fuoco, Emma mi chiese a bruciapelo: «Ma tu ti masturbi?»

«Emma perché fai di queste domande imbecilli?», chiesi.

«No, è per sapere, sai ho cominciato a seguire il Percorso dello Sciamano per imparare a essere completamente autosufficiente, e quindi devo cominciare a fare a meno di un uomo, allora mi hanno suggerito di masturbarmi ogni giorno possibilmente alla stessa ora».

«Toglimi una curiosità, ma come mai se c'è un mentecatto

in giro trova subito te? Devi essere stata inserita in una banca dati».

«No, lo Sciamano è la risposta, è l'unico vero cammino di autoconsapevolezza».

«Emma, ma perché io e te ci frequentiamo? Ho già una vita piena di delusioni…».

«Ti porterò a uno dei nostri incontri, vedrai che cambierai idea».

«Ma vaff…».

E suonò il campanello, che mi salvò da una lunga ed estenuante polemica con Emma.

Era Marina che veniva a vedere la casa.

Emma e Marina si tolleravano a malapena, soprattutto dopo la sparata alla cena del mio compleanno, le parti si erano capovolte e sembrava che fosse Emma a temere Marina.

Si incrociarono all'ingresso e si salutarono appena.

Marina mi portò dei fiori bianchi e un caccia spiriti da appendere alla finestra.

Quelle due avevano più cose in comune di quanto non volessero ammettere. Adesso però Marina aveva un'aria diversa, più sicura di sé, più spavalda, come se avesse trovato il coraggio di saltare atterrando senza farsi male.

«Hai visto come gliele ho cantate a Emma l'altra sera?», disse con aria orgogliosa.

«Come no, mi hai fatto paura!».

«Era una vita che avevo voglia di zittirla quella stronza».

«In effetti quando ci vuole ci vuole, e come va con Christian?»

«Benissimo, vogliamo andare a vivere insieme».

E un'altra amica mia si accasava, mentre di Tommaso nemmeno l'ombra.

Non volevo pensarci, ma ero in ansia perché temevo di non vederlo più. Era possibile che si fosse offeso? O che si fosse sentito spalle al muro?

Non aveva voglia anche lui della sua indipendenza? Diceva sempre che l'Uomo Bianco Occidentale non deve chiedere mai e che lui faceva parte della razza eletta, ma allora perché si faceva lavare le mutande da mammina?

URLA SILENZIOSE

Un paio di giorni dopo squillò il telefono.

Alzai il ricevitore e una voce lontana, con un accento strano, forse dell'Est, mi chiese di parlare con Giulio.

Ullallà! Vuoi vedere che ci avevo azzeccato davvero? Il cretino era veramente ricercato dalla mafia russa!

Dissi che non abitava più qui, ma poi mi chiesi se mi avrebbero creduta o sarebbero venuti a rapirmi e a torturarmi nottetempo.

Mentre chiamavo il fabbro per far cambiare la serratura decisi che non avrei avvertito mia madre: se fosse finito in un canale con i piedi nel cemento forse avrebbe finalmente capito.

Per non pensarci invitai Elisabetta a cena per una lettura psicoanalitica degli ultimi sviluppi con Tommaso.

Usavo Elisabetta come decoder del linguaggio maschile che conoscevo quanto il sanscrito antico. Le facevo fare degli straordinari non pagati, ma ero convinta che, con il suo mestiere, non potesse avere problemi e che le facesse piacere ascoltare i miei.

Quando arrivò, il mio unico pensiero fu quello di sbrodolarle addosso tutta la mia infelicità e le mie insicurezze un po' come avrei fatto con una cartomante da cui ti aspetti solo cose positive, e mi sentivo meglio ogni volta che asseriva con la testa (cosa che gli psicologi fanno quasi sempre).

Mi disse di aspettare, di avere pazienza. Se lo volevo dovevo prenderlo così.

Parole che suonavano come una minaccia. Quello che mi fece capire comunque è che la psicoanalisi è un po' come la logica: se i tuoi genitori ti fanno o ti dicono determinate cose, tu di conseguenza ti comporterai in un certo modo e le statistiche parlano chiaro.

Questo confermava anche la veridicità di un gran numero di thriller in cui il protagonista che trucidava la fidanzata era stato precedentemente abbandonato e/o percosso dalla mamma e/o dal patrigno.

Naturalmente il mio unico pensiero andava solo ed esclusivamente a me e non mi passò neanche per l'anticamera del cervello l'idea di chiederle: «Allora come va il bambino?», che era la prima domanda che avrei dovuto farle appena varcata la soglia.

Ma no, prima di tutto venivo io, poi io e Tommaso, poi io e mia madre, poi io e il lavoro, poi io e i chili di troppo, poi io e io e dopo, ma solo molto dopo, il bambino che la mia migliore amica aveva perso.

FALLI E FALLIMENTI

Dunque facevo schifo come amica e il fatto che Elisabetta mi ripetesse, nonostante le mie continue insistenze, che non fossi una merda, mi faceva sentire ancora più in colpa.

Ero sola con me stessa ad affrontare il caos totale delle mie crisi esistenziali, il mio futuro incerto e i miei disordini alimentari.

E Tommaso non chiamava.

Una cosa è certa: se non sai dove sei e chi sei, è perfettamente inutile cercare di essere d'aiuto a qualcun altro.

Mi sentivo molto sicura del fatto che lui non avrebbe potuto rinunciare alla situazione idilliaca che gli avrei prospettato.

Se c'era una cosa alla quale Tommaso non resisteva era l'idea di una bella serata tutto sesso. Fare sesso con lui era come andare a cena in un buon ristorante, eri sicura che avresti mangiato bene anche se poi c'era il conto da pagare.

Era il classico stallone che durante gli amplessi grugniva e rantolava terminando con un urlo alla Tarzan (perché «Il maschio bianco deve liberare l'animale che c'è in lui»).

Era anche contrario all'orgasmo simultaneo perché secondo lui la femmina doveva venire prima per trasmettere l'«energia orgasmica» al maschio in modo da generare in lui non so quale misterioso rinvigorimento druidico.

Questi suoi vaneggiamenti all'inizio mi avevano affascinata, poteva parlare per ore di leggende di civiltà sepolte, delle gesta degli eroi Achei, dei tesori degli Aztechi, con me che lo guardavo rapita, inginocchiata ai suoi piedi, solo che a volte si faceva prendere la mano e cominciava a dare segni di un leggero delirio di onnipotenza.

Perciò io lo amavo.

Mi infilai un micro perizoma con calze autoreggenti e un reggiseno corazzato, avevo intenzione di fargli una telefonata erotica come quelle che si vedono in televisione sul tardi, tipo "Zitto e ascolta".

Lo chiamai decisa a farlo arrapare come un mandrillo.

«Pronto Tommy?», dissi con voce gattosa.

«Sì chi è?», rispose brusco.

«Non mi riconosci?»

«No, chi sei?»

Colsi l'occasione e dissi...

«Sono Gloria...».

«Ci conosciamo?»

«Veramente no, ma ho fatto di tutto per avere il tuo numero perché ti trovo terribilmente sexy».

«Be'... Grazie... sono lusingato...».

«Come sei vestito?», lo interruppi.

«Sono appena uscito dalla doccia... ho solo l'asciugamano».

«Oooh, è molto, molto eccitante».

«Tu invece?», incalzò lui sempre più incuriosito.

«Io indosso molto poco in effetti, fa così caldo qui, ho un piccolo perizoma, un reggiseno e calze autoreggenti».

Sapevo che mi aveva riconosciuto e che stava al gioco, aveva funzionato, di lì a poco avrebbe riattaccato e sarebbe corso da me per restarci per sempre.

«Adoro le calze autoreggenti», disse. «...Senti Gloria, saresti disposta a fare un giochetto con me?»

«A che gioco vuoi giocare?»

«Vieni a casa mia, così te lo faccio vedere!».

«No vieni tu da me, sono sola e ho un letto enorme...».

«Okay», disse lui e si fece dare l'indirizzo.

Quel giochetto mi aveva veramente intrigata e Tommaso era stato davvero molto elegante a corteggiarmi così.

Abbassai le luci per creare l'ambiente soft, riempii due calici di champagne e lo aspettai sdraiata sul letto vestita da porno star. Poteva raccontare ai suoi amici di avere una fidanzata che era una bomba a letto e che aveva anche un sacco di fantasie erotiche.

Dopo un'oretta suonò il campanello, mi svegliai di soprassalto, ripresi i calici che nel frattempo avevano raggiunto i trentotto gradi, mi rinfilai le scarpe col tacco per slanciare la coscia strangolata nell'autoreggente, mi annusai l'alito con l'incavo della mano che, a dire il vero, era un po' acidino, bevvi in fretta un sorso e mi diressi alla porta posando rapidamente uno dei due bicchieri per aprire.

La faccia che fece Tommaso me la ricorderò tutta la vita.

«TU QUI??!!».

Non mi guardò le tette nemmeno una volta.

«Ma come, non mi avevi riconosciuta al telefono?»

«No, ehm cioè sì, però che c'entra, vestita così... Ma come ti sei conciata?»

«Ma... credevo che tu stessi al gioco, sennò perché saresti venuto...».

«Ero venuto per... parlare, sì per parlare con te».

«Ma come, non sei neanche un po' eccitato?».

E cercai di baciarlo, ma riuscì a sfuggirmi abbassandosi e correndo in cucina.

Cominciavo seriamente a sentirmi cretina.

«Sì, moltissimo, ma devi capire che ho bisogno dei miei spazi e non posso darti quello che vuoi…».

Nemmeno una sveltina??

Gli saltai letteralmente addosso e lui per dimostrare che era un uomo fece il suo dovere…

O quasi…

«Non mi era mai successo prima, sei tu che mi hai messo fretta!».

«Ma se i primi tempi prima di salutarmi mi avevi già tolto le mutande…».

«Ora è diverso, non c'è più niente da scoprire e mi devo concentrare di più».

«Però la storia di Gloria ti piaceva vero?»

«Avevo capito subito che eri tu, te l'ho detto, volevo parlarti».

«Allora parliamo».

«Io devo sentirmi libero, non posso pensare di avere legami, il fatto che andiamo a letto insieme non fa di noi una coppia, te l'ho già detto, quindi dobbiamo lasciare tutto com'è, perché non voglio coinvolgimenti sentimentali che mi tolgano energia».

Era poco, ma era meglio di niente, decidemmo di continuare a vederci di mercoledì come sempre, lui sarebbe venuto da me.

Piano piano avrei attirato il lupo nella tana e una volta dentro, ZAC avrei fatto scattare la trappola.

«...E CENTO TRAPPOLE PRIMA DI CEDERE...»

Invece la trappola scattò a me due mattine dopo verso le sette quando mia madre irruppe in casa mia accompagnata da un carabiniere e da tutta la sua collezione di valige Vuitton.

La villa era stata posta sotto sequestro e Giulio arrestato per truffa e circonvenzione di incapace (chi fosse l'incapace è abbastanza chiaro).

Mia madre era in evidente stato di shock da «E adesso cosa dirà la gente?».

Doveva essere interrogata come "persona informata dei fatti", non poteva neanche lasciare la città o tantomeno simulare un suicidio.

Il carabiniere mi guardò come per chiedermi: «È sua questa?». Io feci sì con la testa e la tirai dentro casa in stato catatonico. Mi assicurarono, per fortuna, che era per pochi giorni.

Nel frattempo Lalidia era tornata da sua sorella.

Era così frastornata che non disse niente del disordine, della tappezzeria, dei mobili, della doccia, del copriletto, della cassetta del gatto e del perché avessi il baby doll sopra i pantaloni del pigiama. Almeno non durante i primi dieci minuti.

Mia madre era la numero nove di una lista di poverette sedotte e abbandonate.

Ad alcune era andata peggio, alcune povere donne travolte da una valanga di attenzioni improvvise avevano regalato a Giulio gli ultimi brandelli di fiducia nel prossimo ed erano finite sul lastrico, mentre lei, che non si fidava di nessuno, aveva perso solo un po' di contante e per quanto riguarda la faccia, il lifting le avrebbe risparmiato occhi gonfi e guance per terra.

L'unico che si dimostrò sinceramente felice di questa rimpatriata fu Arturo il gatto che poté riabbracciare Piccolo Rudy, mentre io e lei ci guardavamo imbarazzate e tese. Ero ancora io che dovevo consolarla per la sua sorte avversa.

Improvvisamente pensai con angoscia che non avrei più potuto vomitare come volevo con lei in giro. Questo avrebbe rovinato i miei piani salutisti e non avrei neanche potuto invitare Tommaso. Ma la cosa peggiore era che dovevo dividere il letto con lei che non sapeva più di mamma da un sacco di tempo.

In breve il mio bagno si trasformò in una Beauty Farm, non riuscivo più a trovare la mia roba sotto le cataste di creme anti tutto. Stessa sorte toccò ai miei vestiti che furono sepolti dai suoi tailleurs, i suoi *robes manteaux*, i pigiama palazzo e tutto quello che le sarebbe potuto servire per un weekend a Buckingham Palace.

Per fortuna non aveva nessun completino per la caccia alla volpe.

Cominciai subito a sentirmi un'ospite, non riuscivo a dare delle minime direttive sulle cose che volevo fossero fatte a modo mio, anzi il più delle volte era lei che mi diceva come farle, di lasciare fare a lei, perché non ero capace.

E di lì a poco mi sorpresi a chiederle il permesso per guardare la televisione, fare la doccia e cucinare.

Il fatto di potermi schiacciare in breve tempo la rese più forte e io, per calmare l'enorme senso di frustrazione, mi abituai a vomitare in silenzio anche il caffè la mattina.

Mi resi conto che nonostante la morte di mio padre, la recente delusione, gli anni e la menopausa, mia madre era e sarebbe sempre stata senza ombra di dubbio migliore di me.

Una notte che non riuscivo a dormire anche perché mia madre emanava un odore di crema abbastanza rancido, le chiesi, in un sussurro, rannicchiandomi contro di lei:

«Secondo te dov'è andato papà?»

«Secondo me… gioca a golf, anzi no… va in barca».

«Ci sono le barche in paradiso dici?»

«Non so se c'è il paradiso, ma comunque sia, dev'essere in un bel posto».

«Lo pensi o te lo auguri?»

«Ne ho la certezza, lo sogno spessissimo e mi dice sempre: Camilla va tutto bene qui, va tutto bene».

«E ti chiede mai di me?»

«Sì, lui si preoccupa per te e mi dice sempre di starti vicino perché sei in un momento delicato della tua vita, ma io ti sento sempre così piena di rabbia e pronta a giudicarmi che non riesco mai a dirti niente…».

«Ma io non ti giudico…».

Silenzio.

Sentii che dovevo farmi coraggio ed aprirle il mio cuore, perché era l'unica via per farle capire che mi sentivo sola, che avevo paura e che la mia zattera era travolta dalle onde.

L'oscurità mi avrebbe aiutata.

«Mi dispiace mamma», cominciai con un nodo allo stomaco mentre mi scendevano delle grosse lacrime nel buio, «io non so come spiegartelo, ma ti sento così irraggiungibile, tutto quello che faccio io non è mai abbastanza buono, non sarò mai all'altezza delle vostre aspettative, non sarò mai abbastanza aggraziata, brillante o realizzata.

Papà mi diceva che ero nata a "Spastic-City" quando non riuscivo ad allacciarmi le scarpe a sette anni e adesso è lì che mi sento, sai? A Spastic-City.

Sono goffa, imbranata, non sono capace di avere una relazione normale con un uomo, non so cosa fare nella vita, mi sento sola e in difetto e credo di non meritarmi mai niente. Passo la metà del mio tempo a scusarmi e a credere che se perdo qualche chilo la mia vita cambierà, spero sempre che arrivi qualcuno a indicarmi la strada e a dirmi come devo fare per diventare come gli altri e invece non arriva mai nessuno ad aiutarmi.

Sono stata anni fuori casa pensando di essere diventata grande e autosufficiente e invece è stato come se non mi fossi mai mossa di qui, come se fossi andata via per dimostrarvi che ero brava a fare qualcosa... "Guardate la vostra bambina com'è brava, riesce a vivere da sola dall'altra parte del mondo". Invece ho solo avuto fortuna... M'è andata bene... Ma poteva andarmi male.

Potevo finire male, potevo...».

«Potevi tornare a casa», m'interruppe finalmente. «Non aspettavamo altro io e tuo padre, che la nostra bambina ritornasse, ma ormai ci avevi fatto capire che avevi trovato la tua dimensione e noi non potevamo obbligarti a farti stare con noi...», fece una pausa.

«Te ne sei andata così, come una ladra, a diciannove anni, dove nessuno poteva trovarti, ti abbiamo anche fatta seguire per un periodo a Parigi, talmente eravamo preoccupati, ma tu eri così indipendente e ribelle che non sapevamo come comportarci. Sia io che tuo padre abbiamo vissuto delle esistenze così borghesi che non ci saremmo mai sognati di andarcene in giro per il mondo. Tu eri così sicura di te, così arrabbiata, così ostile che ci siamo detti "lasciamola andare, magari fa un'esperienza e poi ritorna", ma tu no, non sei più tornata.

Poi io e tuo padre abbiamo smesso, negli anni, anche di parlarci, vivevamo ognuno per conto suo e andavamo a qualche festa insieme per salvare le apparenze, non so neanch'io come ci siamo arrivati… Le storie sai come finiscono, ma non sai mai come iniziano, cioè non sai quando comincia ad andare tutto a rotoli, ti ci trovi e basta e poi sei talmente stanco che non hai più voglia di parlare e ti trovi a firmare delle carte…».

«Perché tu e papà avevate divorziato?»

«Ci siamo separati due anni e mezzo fa, il divorzio sarebbe arrivato fra sei mesi e ora che lui non c'è più vorrei che non lo avessimo fatto».

E cominciò a piangere anche lei con una tristezza che non le conoscevo e che arrivava da un posto lontano e desolato.

«L'orgoglio ha rovinato tutto», riprese fra i singhiozzi, «non serve a niente, se tu non fossi partita, e anch'io non lo avessi lasciato solo, forse non sarebbe morto».

E con questa frase decretò il mio crollo definitivo.

QUALCUNO MI AIUTI!

Mia madre se ne andò due settimane dopo lasciando dietro di sé i resti di un'esplosione nucleare.

La massa informe che giaceva sul divano infagottata in una coperta con la televisione accesa ventiquattro ore su ventiquattro ero io.

Tommaso era venuto una volta, ma la mia vista doveva avergli fatto rimpiangere Cuba e mi aveva detto di chiamarlo qualora fossi stata meglio.

Avevo perso interesse in tutto e anche un sacco di capelli. Non c'era niente che mi potesse distogliere dall'apatia.

Ero davvero diventata abulica.

Tutti erano più bravi e realizzati di me e per quanto ci provassi non ne facevo una giusta.

Le amiche venivano a trovarmi, ma non mi rendeva felice, anzi ero invidiosa della loro forza d'animo: il loro destino avverso aveva forgiato delle donne più forti e sicure di sé, io che avevo avuto tutto ero una specie di mollusco marcio buttato su un divano.

Emma prese la palla al balzo per farcire la mia testa depressa con le sue novità.

«Tu hai bisogno di qualcosa in cui credere», sentenziò.

Silenzio.

«Hai mai sentito parlare del Grande Sorriso?».

Silenzio.

«È un gruppo di persone che...».

«Emma basta...», dissi con un filo di voce.

Mi venne vicino e mi prese la mano.

In quel momento capì che stavo soffrendo davvero e che nessuno, a parte me stessa, avrebbe potuto aiutarmi. Il dramma era proprio quello: dipendeva da me e da nessun altro.

Un pomeriggio venne a trovarmi Marina. Non la vedevo da un po'. Si era fatta crescere i capelli, non si vestiva più pastello, indossava giacca e pantalone a sigaretta grigio e stivaletti a punta.

«Come stai?», mi domandò accendendo una sigaretta.

«Vegeto».

«Perché?»

«Non mi sento bene».

«Cos'hai?»

«Non lo so, mi sento solo tremendamente stanca e ho sempre voglia di piangere».

Mi guardava con uno sguardo distaccato, quasi ostile.

«Cos'hai da piangere?»

«Non so nemmeno quello».

«Quelli come te trovano sempre delle scuse per piangere».

«Che intendi per quelli come me?», dissi mettendomi a sedere.

«Quelli che hanno avuto tutto dalla vita e sono sempre insoddisfatti».

«Credi veramente che io abbia avuto tutto dalla vita?»

«Senz'altro molto più di me, ma io non me ne sto sul divano a piangere per i miei mali».

«Si vede che sei più brava di me».

«Sei solo una viziata».
«E tu sei una stronza».
Silenzio.
«Credo che ci siamo dette tutto».
«Credo anch'io».
Prese il suo cappotto e uscì sbattendo la porta.

CERBIATTI E SAMURAI

Rimasi per alcuni giorni assolutamente sottosopra.

Che ne era stato della timida e dolce ragazza che lavorava da Fabrizio? Rapita dagli alieni?

Era un cerbiatto travestito da samurai incazzato col mondo.

Ma proprio con me se la doveva prendere? Era come sparare su un'ambulanza.

In un certo senso la litigata mi aveva un po' smossa dal torpore, ma non abbastanza da farmi reagire.

Sul divano mi sentivo protetta. Era la mia cuccia, il mio utero, a volte anche alzarmi per andare in bagno mi dava un senso di vulnerabilità, mi sentivo la schiena scoperta, avevo freddo e per questo evitavo il più possibile di muovermi da lì. Non mangiavo più e la casa puzzava di fumo e di gatto.

Un giorno suonò il campanello. Avevo il terrore di dover vedere qualcuno, quindi lasciai suonare più volte infilando la testa sotto la coperta sperando che se ne andassero. Poi sentii una vocina stridula, ma familiare, chiamarmi.

Era Lalidia. Non potevo lasciarla lì fuori al freddo.

Doveva aver fatto chilometri a piedi perché non sapeva prendere gli autobus e non ricordava i nomi delle vie e così andava a naso.

Aprii la porta e lessi sul suo viso un lampo di apprensione.

Dovevo fare davvero senso. La cosa positiva è che Lalidia non avrebbe fatto caso al cattivo odore che c'era in casa.

Mi aveva portato le frittelle di mele che mi piacevano tanto da piccola in un bel vassoio avvolto in un canovaccio a quadretti colorati annodato in cima. Mi venne immediatamente la nausea.

La feci accomodare. Si era vestita e truccata per le grandi occasioni e aveva messo il foulard in testa.

«Che puzza c'è qui dentro», disse. Ti pareva…

Tolsi rapidamente i portacenere strapieni di cicche e le feci spazio sul divano che ormai aveva preso la mia forma.

E quella di Arturo.

«La tua mamma sta meglio, ha ricominciato a uscire con le amiche».

«La mamma è diversa, non la butta giù nessuno».

«Ma tu cos'hai, ti senti male?»

«Sono triste, Lalidia».

Rimase in silenzio un istante poi aprì la borsa frugò un po' e infine mi porse una lettera.

«Di chi è?»

«È per te, aprila».

Era una lettera di mio padre datata un anno e mezzo prima, cioè un mese prima di morire:

22-05-1997 (Giorno di Santa Rita da Cascia: la Santa dell'impossibile)

Cara Stellina,

sarà la milionesima lettera che ti scrivo, ma va bene lo stesso, lo so che sei impegnata e soprattutto il fatto che tu non mi abbia dato un indirizzo preciso fa sì che io debba affidare le mie lettere al mare!

Mi fa tanto bene scriverti, mi distrae da questo letto in cui mi hanno confinato tua madre e i suoi amici medici deficienti con cui gioca al casino.

Io gliel'ho detto che non ho nulla, che è solo un po' di stress, ma questi non ci sentono da quell'orecchio e giù analisi.

Ma sai che ti dico bambina mia? Hai fatto proprio bene ad andartene, se potessi me ne andrei anch'io adesso, da qualche parte senza nessuno che mi rompe le scatole, che vuole soldi o che mi lecca il culo per avere la promozione.

Sono stanco di tutto questo, appena sto meglio giuro che ti vengo a trovare e mi fai vedere quei posti bellissimi e poi andiamo a pescare come quando eri piccola e costruiamo ancora degli aquiloni.

Non so dirti quanto mi manchi, ma so che sei serena e questo non era il posto per te, ma quando ci rivedremo sistemeremo tutto, vedrai.

Sei la mia unica figlia e ti voglio un bene dell'anima.

Ora ti lascio perché è arrivata l'infermiera che è pure un cesso!

Ti stringo forte a me e pensa che anche se sei lontana non sei mai sola, c'è sempre anche il mio amore che veglia su di te.

Papà

«Ce n'è uno scatolone pieno in soffitta a casa», disse.

«Uno scatolone? E non mi avete mai detto niente?»

«Tua mamma non lo sa nemmeno, lei non ci bada a queste cose, sono andata a fare un po' d'ordine e ho trovato tutte queste buste del tuo papà e ho detto: se gliele porto lei sarà contenta».

Abbracciai Lalidia con uno slancio così travolgente che per poco le spezzai il collo e Arturo rimase schiacciato fra di noi.

«Ma allora non l'ho ucciso io!», gridai alzandomi in piedi sul divano.

«No, il tuo babbo è morto d'infarto, chi ti ha detto che lo hai ucciso tu, la polizia?»

«No… è che credevo che il fatto che me ne fossi andata lo avesse addolorato al punto di morirne».

«Ma no, lui ti voleva bene, eri la sua bambina ed era molto orgoglioso di te che ti eri fatta una vita tutta tua. Aveva il cuore affaticato da troppo lavoro e troppi bagordi, ma se l'è goduta fino all'ultimo!», disse alzandosi. Poi proseguì: «Però ora apri le finestre perché sembra di stare in una stalla».

L'abbracciai.

«Grazie Lalidia».

«Ma di che… sciocchina».

FREUD & FRIENDS

Uscita dal coma vegetativo con un rinnovato stimolo a vivere, ma sempre convalescente, decisi che dovevo cambiare alcune cose fondamentali della mia vita.

Una nuova me, che doveva volersi più bene, che doveva trovare una strada tutta sua e soprattutto che doveva ricominciare a mangiare normalmente.

Quella era la cosa più dura, ero così disgustata dal cibo e angosciata dall'idea di ingrassare di nuovo che sentivo che avrei fatto meglio a chiedere aiuto.

Elisabetta mi diede il nome di una sua collega psicoterapeuta dalla quale farmi aiutare.

Lo studio era molto informale, accogliente e con una luce soffusa.

Lei mi accolse in modo neutro. Una donna di mezza età vestita con un rassicurante maglione beige, i capelli sottili sciolti e grandi occhi chiari che dominavano un reticolato di rughe e rughette portate con estrema disinvoltura.

Mi sedetti di fronte a lei.

Sorriso.

Sorriso.

Silenzio.

Silenzio.

«Di che cosa mi vuole parlare?»

«Lei mi trova grassa?»

«Lei si trova grassa?»

«Mmm, diciamo che ho la tendenza a sentirmi una merda... scusi, poi c'è mia madre che ha un'urna cineraria in camera, mio padre è morto senza che potessi salutarlo, non ho un lavoro fisso, ho delle amiche strane e il mio ragazzo non vuole stare ufficialmente con me».

«Okay cominciamo con due sedute settimanali di un'ora e mezzo, poi vedremo, questi sono i miei numeri, mi chiami quando vuole».

Era bello sapere di avere affidato a qualcuno il peso della mia inseparabile ansia. La mia palla di pelo come la chiamavo. Una palla di pelo nero e unto che si era sistemata all'altezza dello stomaco almeno vent'anni prima e lì era rimasta.

Ora non dovevo preoccuparmene più, ci pensava lei, se la prendeva in carico, la maneggiava, la soppesava, la delimitava e poi me la restituiva un po' più piccola, un po' più mobile. Quando uscivo dalle sedute molto spesso non sentivo niente per un paio di giorni, poi, all'improvviso, scoppiavo a piangere o venivo travolta da ondate di paura.

Tutto normale.

Il problema del cibo lo avremmo affrontato in un secondo tempo, dovevo solo stare calma, molto calma.

Un giorno, tornando a casa incontrai Christian, il fratello di Emma e, per quel ne sapevo, ancora ragazzo di Marina.

Aveva l'aria malinconica.

Mi salutò con molta dolcezza e mi invitò a bere un caffè.

Entrammo in un bar e ci sedemmo a un tavolo, ordinò una birra e cominciò ad arrotolarsi una sigaretta.

«Ho sentito che non sei stata bene».

«Mmm, sì, sto uscendo da un periodo un po' difficile».

«Emma è così preoccupata, mi telefona tutti i giorni per parlarmi di te».

«Sì, è così premurosa...».

Morivo dalla voglia di sapere come andava con Marina, ma non volevo sembrare troppo diretta.

«Come va con Marina?»

«Non bene. È diversa, sempre nervosa, isterica...».

«In effetti è...».

«Non le piace quello che faccio, vorrebbe che facessi musica commerciale, vuole che faccia soldi, che mi svenda... ti giuro, non la riconosco più».

«Forse lei...».

«Ascolta:

> Vedo file di alberi neri,
> lucide da specchiarsi
> sempre più strette
> stringono alla gola e manca il fiato.
> Giù il sipario
> e la gente stretta tutta intorno
> è come una moltitudine di pezzi di carne camminante
> sembrano freddi petti di pollo
> deboli come carta bagnata
> meccanici e ripetitivi
> imbacuccati nell'inverosimile
> marciano,
> s'affannano
> in cerca dell'utero
> che li accolga
> salvandoli dal freddo
> della loro stessa idiozia,
> condannati a vivere.

Questo è quello che scrivo, non è pop e non è commerciale, ma è quello che sono, puoi cercare di farglielo capire?»

«Christian, io e lei non ci parliamo più, non te l'ha detto?».

Rimase sorpreso.

«Ah davvero? Non lo sapevo e perché?»

«Se l'è presa con me perché dice che sono una viziata e che ho avuto la vita troppo facile».

«Allora mi sa che ce la siamo giocata».

VAMPIRI

Poco a poco stavo meglio, anche se con delle ricadute.

Cercavo di essere indulgente con me stessa, mi dicevo che non avrei potuto fare tutto da sola e tutto insieme.

Una parte di me si vedeva proiettata nel futuro come donna realizzata: felice nell'amore e nella carriera. Un'altra non sapeva da dove cominciare e faceva di tutto per boicottare i tentativi della parte che si sforzava di maturare. Mi sentivo sdoppiata.

Forse da un momento all'altro mi sarei trasformata in un rabbino come in *Zelig*.

Quello che capii presto è che esistono persone che si attaccano a te come dei vampiri e ti succhiano anche la poca energia che accumuli. Non gli interessa veramente come stai, ma gli interessa solo che tu li ascolti, che tu li guardi, che tu li segua.

Tommaso era uno di quelli.

Quando mi chiamò e mi sentì meno catatonica, improvvisamente gli venne una gran voglia di rivedermi. Voglia che non era affatto reciproca, ma secondo voi io ce l'avevo la forza per dirgli di no?

Un mercoledì dopo l'altro ecco che cominciarono a comparire le prime mutande abbandonate su una sedia o nel mio cesto della biancheria sporca, uno spazzolino nel mio bicchiere, la schiuma da barba accanto alla mia crema.

Un tempo avrei dato un braccio per vivere con Tommaso, adesso in verità subivo passivamente.

Si divideva fra casa mia e casa di sua madre, raramente rimaneva a dormire tutta la notte, quasi sempre si alzava verso le quattro e tornava a casa sua. Io non gli chiedevo niente.

Poi venne la storia del furetto.

Decise che non poteva vivere senza un furetto, che lo aveva sempre desiderato, che era un animale nobile, pulito, fedele, ma la mamma non voleva animali in casa… Cioè gliene bastava uno…

E così una mattina si presentò con un animale lungo e peloso con i denti aguzzi e che aveva pagato una follia.

«E questo cos'è?», chiesi.

«È un furetto, è bellissimo vero? Guarda com'è dolce».

Provai ad accarezzarlo e tentò subito di mordermi.

«Ha paura perché non ti conosce, questi animali sono fedelissimi al padrone, lo difendono fino alla morte».

«Ma dove pensi di tenerlo?»

«A casa mia, mia madre impazzirà».

Infatti sua madre impazzì davvero e pose l'ultimatum: «O se ne va lui o me ne vado io».

Tommaso tornò da me con il furetto, la borsa della palestra e la gabbia dicendo che sarebbe stato solo per pochi giorni.

Anche Arturo tentò di porre un ultimatum: «O lui o io», ma temendo di perdere fece solo mezza giornata di sciopero della fame.

Adesso avevo due estranei in casa: un furetto e un… come avrei dovuto considerarlo?

Un amico, un coinquilino, uno pseudofidanzato?

Sconcertata dalle possibili giustificazioni decisi semplicemente di non chiederglielo.

Emma invece, eccitatissima dalla novità, non smetteva più di venire a casa, perché adorava i furetti (e i pitoni, le iguane e i ragni).

«Ho conosciuto un tipo, è quello giusto stavolta».

«Perché è quello giusto questa volta?»

«Perché è completamente diverso da tutti gli altri, è dolce, sensibile, comprensivo...».

«Tenero, intelligente, carino?»

«Come lo sai?»

«Tiravo a indovinare».

«Eri più simpatica quando eri depressa lo sai?».

E così mi raccontò di Matteo, che aveva conosciuto al nuovo gruppo di psicopatici e che era tutto il contrario di Antonio.

«Matteo è un tipo che non mi avrebbe mai attirato prima, ma si vede che sto cambiando, con lui parliamo di tutto di più, non facciamo neanche sesso perché non ne abbiamo bisogno, ci completiamo».

«Che problemi ha?»

«Nessuno, semplicemente stiamo tutto il tempo a parlare e a pregare e non abbiamo bisogno di altro, lui legge di tutto di più e sa un sacco di cose».

«Fa il libraio?»

«No, è disoccupato, ma dice che è un momento difficile per trovare lavoro...».

Era la stessa lagna che sentivo dire da Tommaso, «Non c'è lavoro, io sono laureato, mi merito di più...».

Solo io provavo veramente di tutto di più, anzi era arrivato il momento di tornare a fare una visitina a Fabrizio, tanto per restare in allenamento!

LUPI...

Entrai da Fabrizio all'agenzia di lavoro temporaneo, e notai che non c'era Marina alla scrivania.

Mi sentii sollevata perché avevo ancora in testa le sue parole: «Quelli come te non sono mai contenti...». Io le avevo dato della stronza e lei in ogni caso non si era fatta più viva.

Quindi eravamo pari.

Mi sedetti come al solito sul divano di pelle e mi misi ad aspettare.

Non c'era più il vaso con le calle, il vecchio computer era stato sostituito con un elegante Mac nero.

Però... si trattavano bene!

Aspettai un quarto d'ora, poi venti minuti e alla fine mi decisi ad andare a bussare alla porta di Fabrizio.

Bussai piano un paio di volte, ma non mi rispose nessuno, allora aprii lentamente la porta e misi dentro la testa chiedendo permesso.

Vidi che erano tutti e due molto impegnati a "lavorare" sulla sua scrivania.

Ci guardammo per un istante tutti e tre increduli e poi urlai dall'imbarazzo, chiusi la porta alle mie spalle e corsi fuori.

Fabrizio mi raggiunse con i pantaloni alle ginocchia e si gettò sulla porta per impedirmi di uscire.

«Ti prego non dire niente!», mi supplicò.

Era penoso.

«E cosa dovrei dire? Bravo? Chiudi a chiave la prossima volta? Hai tolto la foto dei bambini?»

«Mi sento uno stronzo, è un periodo di merda».

«Guarda che non lo devi dire a me, dillo a tua moglie per cominciare, comunque non sono affari miei».

E uscii sbattendo (anch'io una volta tanto) la porta.

E ora chi l'avrebbe detto a Christian?

E... PECORE

Pecorina.

Era l'unica parola che riuscivo ad associare a Marina.

Quando si dice che il destino è nel nome...

Se tre mesi prima glielo avessi chiesto, mi avrebbe risposto che una pecorina era un piccolo ovino delle Shetland.

Ora padroneggiava il sinonimo con grande maestria, montata da Fabrizio, con quella sua faccia da pirla, tutto sudato e con le mani grassocce. Non potevo smettere di pensarci.

Lui che faceva il padre di famiglia modello e lei che rompeva le balle a Christian perché doveva fare musica commerciale. E poi facevano gli straordinari.

Chiaramente le telefonate non tardarono ad arrivare.

Prima lui.

«Sono mortificato, non so cosa mi ha preso, te l'ho detto è un periodo di merda anche con mia moglie».

«Hai ragione... è così che si risolvono i problemi in famiglia, fottendosi la segretaria!».

«Ma guarda che è lei che non mi dà tregua, mi gira sempre intorno, mi fa un sacco di complimenti, dice che le sono sempre piaciuto».

«Mmm, sì, sì scusa, ma ho un avviso di chiamata... Pronto?»

«Pronto, sono Marina».

«Sì, cosa c'è?»

«Riguardo a quello che hai visto... non era niente di serio, insomma, a Christian non dirai niente vero?»

«Non spetta a me dirglielo, ma dovresti farlo tu».

«Non è il caso, non è niente di serio ti ripeto, è lui che mi gira sempre intorno, è stato un momento di debolezza. Ciao».

Alla mia seduta con l'analista non potei fare a meno di mostrare la mia indignazione per il bieco tradimento della mia ex amica col suo datore di lavoro che consideravo un fratello.

Quello che ne ricavai fu una scarica di domande sul perché e per come mi desse così fastidio.

Finii poi col confessare che erano i ripetuti tradimenti di mio padre verso mia madre che mi facevano ancora soffrire.

«Anche se non sopporto mia madre?»

«Soprattutto perché non sopporta sua madre».

Già, perché non ci avevo pensato prima!

Tornai a casa e vomitai il pranzo.

DISTACCHI

All'alba del terzo giorno della strana convivenza fra me e Tommaso, mentre anch'io sperimentavo le acrobazie degli ovini delle Shetland (anche se non su una scrivania) il cellulare di Tommaso squillò.

Quando vide lampeggiare "Mamma", si allarmò all'istante.

Si "sfilò" e si rivestì prima di rispondere, cosa che insospettì sua madre che gli chiese subito: «Perché ci hai messo tanto a rispondere?».

Lo sentii dire che non riusciva a trovare il telefono nel buio, ma lei continuò a insinuare che di solito lo teneva sul comodino e quindi non capiva perché ci avesse messo tutto quel tempo per allungare un braccio.

Finalmente, dopo averlo torturato per cinque minuti, diede inizio al suo show.

Gli disse con un fil di voce che se non tornava a casa sarebbe morta, che già si sentiva poco bene, la testa le girava e che il furetto sarebbe stato il benvenuto.

Mi mollò a metà, ma promise che sarebbe tornato… per finire!

Prese la gabbia e il furetto (giuro di aver visto Arturo sorridere mostrando le gengive come il gatto di Alice) ma lasciò la borsa della palestra, le mutande nel cesto e lo spazzolino nel bicchiere.

E soprattutto le scatole di proteine e aminoacidi ramificati nell'armadietto di cucina.

Segno inequivocabile che sarebbe tornato.

Poteva fare quello che voleva, tutti facevano quello che volevano con chi volevano e quando si erano stancati andavano via. Il problema era solo mio.

Eppure da qualche parte doveva esserci qualcuno che la pensasse come me.

Sì, da qualche parte c'era ed era Gregory che mi aveva amato così teneramente.

Cercai l'amuleto di osso che mi aveva regalato il giorno della partenza e me lo rimisi, dicendo a me stessa che se c'era ancora un po' d'amore mi avrebbe protetta.

Nella scatola delle cose di Gregory ritrovai le nostre foto, una scatolina con della sabbia, alcune conchiglie, un orologio fermo e le sue lettere.

Ne aprii una a caso, diceva:

Stamattina è una mattina come tante altre, solo che tu non sei qui accanto a me e non pensavo che fosse così difficile.

Ho incontrato il Rev. Daniel all'ufficio postale e abbiamo parlato di te.

Ha detto che sei una persona speciale, con il cuore grande e che devo avere coraggio perché Dio non fa mai le cose a caso.

Sarà anche vero, ma allora perché Dio prima ti fa piovere su quest'isola e poi ti strappa via così?

Lui ha ripetuto che c'è sempre un senso in quello che fa il Signore e di continuare ad aspettare e a tenere vivo l'amore che ho dentro.

Mrs Violet e mia madre ti salutano, qui manchi a tutti, ma soprattutto manchi a me.

Il giorno lavoro molto, è incredibile come tutti si facciano male, tagli, punture di pesci, uno per passare il tempo si è infilato un'oliva nel naso, ci ho messo un'ora a toglierla!

La sera torno a casa stanco morto, mi metto sulla veranda con una birra e guardo il mare, sarò un sentimentale, ma comincio a pensare a noi e mi commuovo.

Sei partita da cinque mesi, ma non ci credo ancora.

Quando torni?

I love you

Greg

Finiva sempre le sue lettere così: Quando torni? I love you.

Solo noi italiani maniaci della precisione usiamo modi diversi per distinguere l'amore dal bene, in modo da mettere sempre le mani avanti: «ti voglio bene, ma non ti amo». Lui scriveva I love you e per me era ti amo.

Erano passati quasi tre anni. Ne erano successe di cose, ma niente di bello. Da un'eternità non mi sentivo più viva, positiva e serena come con lui. Ero anestetizzata da un'epidurale nei confronti della vita.

Quando da piccola mi chiedevano: «Cosa vuoi fare da grande?», dicevo: «Voglio fare la veterinaria, aprire una merceria, oppure voglio fare la benzinaia...», ma mai mi sarebbe venuto in mente di rispondere: «Da grande voglio essere depressa e bulimica». Un bel traguardo a trentun'anni.

Volevo ancora sentirmi entro il limite delle acque sicure, in bicicletta con quella svitata di mia nonna che mi faceva giocare a fare le pulizie mentre lei dipingeva quadri o faceva yoga.

Volevo ritrovare quelle certezze fatte di odori e suoni familiari, dell'aria fresca del mare e del rumore della macchina di mio padre che svoltava l'angolo del vialetto di casa con la sua spider fiammante.

Perché la vita era un continuo distacco?

Fortuna che nel pandemonio della mia esistenza trovavo sempre il confortante calore di Elisabetta e del suo compagno, uniti, coraggiosi e veri.

Andavo a cena da loro ogni tanto, guardavo la loro casa, scelta insieme, arredata insieme, con tante foto in giro, alcune di lei mentre dormiva.

Li sentivo ridere mentre cucinavano, mentre lui si cimentava in un fritto di pollo improvvisato e lei gli lanciava della farina. Non capivo come fosse possibile che dalle nostre infanzie cominciate insieme si fossero srotolate due vite così totalmente diverse.

Dove avevo sbagliato? A che punto della mia vita aveva attecchito il germe della depressione, del rifiuto della felicità, della solitudine, dell'autolesionismo?

Lei lo sentiva che ero infelice, ma non poteva far molto per me, finché non avessi deciso di cambiare. Mi osservava da lontano, non mi telefonava, non mi chiedeva niente, ma sapevo che potevo contare su di lei. In qualunque momento.

Il giorno dopo mi chiamò Christian in lacrime.

«Lo so, mi tradisce, ne sono sicuro».

«Ma come lo sai? L'hai vista con qualcuno?»

«No, ho trovato dei messaggi sul suo cellulare, c'è uno stronzo che le dice "ti amo" e "vieni via con me"».

«Le hai detto qualcosa?»

«No, sono due giorni che mi tengo dentro tutta questa merda, ho voglia di spaccare tutto, appena scopro chi è gli rompo il culo a quel bastardo, lo rovino...».

«Calmo, Chris, sta calmo, cerca di rimanere lucido, ne hai parlato con qualcun altro?»

«Solo con Emma, perché mi ha visto piangere».

«Ahia...».

Ed ecco Emma piombare come una furia a casa mia...

«Quella puttana della tua amica!».

Fu l'inizio.

«Guarda che non è mia amica da un pezzo».

«Lo sapevo che era una merda, prima con quell'aria da santarellina, poi diventa la mangiatrice di uomini! Non doveva avvicinarsi a mio fratello, te l'avevo detto dall'inizio!».

«Ehi, ma mica è colpa mia se lui si è innamorato».

«Bisogna fare qualcosa, bisogna scoprire chi è lui».

«E poi?»

«E poi gli spacchiamo il culo!».

Fabrizio dal canto suo non se la passava affatto bene, perché Marina, che ormai si era calata perfettamente nel ruolo della rompicoglioni, aveva chiamato sua moglie e le aveva raccontato tutto, lui l'aveva licenziata e lei gli aveva rigato la macchina.

Due giorni dopo Emma e Christian gli avevano bucato le gomme...

REGGISENI

«Dovrebbe trovarsi un hobby», mi disse l'analista un giorno, «qualcosa che la soddisfi, che la rilassi e che le dia delle soddisfazioni, qualunque cosa, ci pensi».

E io cominciai a pensarci.

Il teatro era stato un fallimento e poi lì avevo conosciuto Emma, per uno strumento musicale era decisamente troppo tardi e i corsi di salsa e merengue volevo risparmiarmeli per la terza età. Poi mi ricordai che mia nonna, quell'eccentrica dalla quale avevo ereditato tutto il mio bizzarro carattere, dipingeva divinamente.

Forse poteva essere una strada e, in un pomeriggio, spesi un miliardo in colori, pennelli, tele, tavolozze e cavalletto.

Organizzai il mio salotto come un atelier d'artista, come mia nonna aveva fatto lì per anni.

Senza saperne assolutamente nulla di pittura cominciai a buttare giù colori. All'inizio quasi con timore, poi sempre con maggior coraggio abbondavo nei rossi, nei gialli e verdi. Ero sicura che avrei usato solo il nero, visto come mi sentivo, invece dentro di me albergavano dei colori, delle luci, delle speranze.

Cominciai a divertirmi, il tempo passava senza che me ne accorgessi, non sentivo il bisogno di abbuffarmi e non aspettavo che Tommaso arrivasse dopo la palestra.

Mettevo della musica classica o del jazz in sottofondo e dipingevo per ore.

Tommaso arrivava e mi trovava concentratissima sui miei dipinti e non più ad aspettare che lui mi aggiornasse sui progressi del furetto, sulle nuove diete in cui doveva coinvolgermi, sugli esercizi per aumentare l'autocontrollo e sui libri che dovevo leggere.

Poi una sera mi disse: «Ma lo sai che comincio a rompermi? Non capisco cosa ci sto a fare qui a guardare te che dipingi».

«Scusa, ma mi fa star bene, da quando ti conosco ascolto e guardo quello che fai tu e basta».

«Credevo che fosse più divertente abitare con te, invece è una noia».

«Io non ti ho chiesto di abitare con me», dissi continuando a dipingere un tramonto che avevo visto in Messico, «ma dov'è la porta lo sai».

Preso in contropiede disse semplicemente: «Io vado a letto, quando vieni non fare rumore».

Coglione!

Giorno dopo giorno il salotto si riempiva di tele con fiori, tramonti, barche, qualunque cosa mi venisse in mente, non smettevo mai, il resto era fuori della mia porta.

Qualcuno di molto ingombrante però era anche dentro casa e non si dava pace nel non essere considerato, abituato com'era a essere venerato dalla sua mamma, e prese a fare le bizze.

Che fosse l'amuleto di Gregory che stava dando i suoi frutti?

Mentre dipingevo i miei quadri, Tommaso faceva esercizi

di tai chi chuan, boxe tailandese, respirazione taoista, kung fu e qualunque altra cosa che potesse fare rumore o distrarmi da quello che stavo facendo.

Ogni movimento era intervallato da un profondo respiro e da monosillabi giapponesi. Io alzavo lo sguardo dalla tela e scuotevo la testa, lui cominciava a fare flessioni contando a voce alta.

Insieme alla sua ingombrante presenza, Tommaso aveva portato con sé anche le sue bizzarre abitudini alimentari. Già perché se io mangiavo e, ogni tanto, ancora vomitavo, lui viveva di chiare d'uovo, petti di pollo lessi, riso in bianco e frullati di proteine.

Ogni mattina beveva otto albumi crudi, i rossi invece li portava alla madre che ci faceva torte, frittate e quintali di maionese per suo padre, che pesava centoquaranta chili.

Quando ci sedevamo a tavola per mangiare lui, frustrato dalla sua alimentazione da pollo in batteria, guardava nel mio piatto e contava le calorie che stavo per ingerire.

«Quanta pasta hai fatto? Sembrano più di 70 grammi... saranno quasi trecento calorie, e l'olio? Non più di cinque cucchiaini al giorno, lo sai? No, no, no questo lo togliamo...». E mi sfilava di mano il pane con cui mi accingevo a fare scarpetta.

Ogni pasto era una tortura, fra sospiri, scuotimenti del capo e commenti tipo: «Tu non vuoi seguire i miei consigli, ma ti troverai male, lo dico solo per il tuo bene, poi fai come vuoi».

Non sapevo più cosa mangiare. Era un incubo.

Decidemmo che era meglio che lui continuasse a mangiare da sua madre e dopo poteva venire da me.

Cominciavo a essere insofferente. Tommaso era l'uomo più bello che avessi mai avuto, ma non potevo credere che quello fosse un rapporto destinato a durare, solo che non riuscivo a lasciarlo.

Tiravo la corda, minacciavo, lo provocavo, ma se se ne fosse andato davvero sapevo che mi sarei sentita di nuovo sconfitta e perdente.

«Non lo perderai mai», tuonava la mia analista. «Te lo potrei mettere per iscritto».

«Ma come fa a dirlo?», piagnucolavo.

«Figlia mia, lo sai da quanti anni faccio questo mestiere? Se ne andrà solo quando lo vorrai tu».

«Ma io vorrei che mi amasse, che mi rispettasse, che facessimo delle cose insieme, che non si vergognasse di dire che sta con me».

«Ma se è già fidanzato con sua madre! E poi lasciami dire una cosa da anziana signora: voi giovani donne emancipate volete conquistare il mondo, essere indipendenti, tenere testa agli uomini e poi gliela date al primo appuntamento sperando che vi sposino! Ma non funziona così! Prendete esempio dalle vostre nonne che se la tenevano stretta!».

Aveva ragione, la davamo tutte un po' troppo facilmente e al primo appuntamento, ma se non la davamo subito, loro non ti chiamavano più...

Dov'era finita la famosa emancipazione femminile se stavamo ancora ad aspettare l'anello e la comunione dei beni?

Così, non riuscendo ad attirare più la mia attenzione come un tempo, Tommaso si trovò un nuovo passatempo: il calcetto.

«Rafforza il mio centro», aveva detto (il suo centro d'igiene mentale, avevo pensato).

Tutti i mercoledì andava a giocare a calcetto, scambiando pacche sulle spalle e strizzate di coglioni con i suoi compagni di squadra.

E io ripristinai la vecchia abitudine di invitare le mie amiche che erano rimaste in due.

Fabrizio aveva chiuso per un mese per riprendersi dall'Uragano Marina, che era sparita nel nulla dopo aver seminato morte e distruzione.

Noi tre ci godevamo le nostre serate senza uomini come delle teenager un po' sfiorite facendoci le unghie, la maschera antirughe e bevendo Perfettomartini dalla ricetta segreta di mia nonna, di cui ero ormai l'unica depositaria vivente.

Cominciai seriamente a credere di essere posseduta dal suo spirito.

L'ARTISTA

"Essere artisti altro non è che una questione di muse.

Artista è colui che intorno a sé scorge la vita nelle cose inanimate trasformandole in muse...

È colui che vede il sole nonostante la pioggia e la pioggia nonostante il sole".

Questo era l'epitaffio sulla tomba di mia nonna, la madre di mia madre. Una donna che in vita aveva avuto solo se stessa come centro dell'universo.

Almeno tre volte l'anno i miei andavano in giro per il mondo con i loro amici: crociere, safari, tutto quello che potesse essere mondano e *à la page*.

Io venivo affidata alle cure amorose della nonnina che, in balìa dei suoi deliri mistico artistoidi, avrebbe preferito spegnersi una sigaretta sulla mano piuttosto che occuparsi di me.

In società era considerata un vero personaggio: bella donna, alta, bionda, sempre abbronzata, pittrice, scultrice, testimone di Geova, buddista e fervente cattolica a seconda dei periodi, coerente solo con la bottiglia, viveva prevalentemente tra la Versilia e la Costa Azzurra, dove passava il tempo a giocare a bridge con le amiche.

Il peggiore dispetto che le si potesse fare era lasciarle una bambina di dieci anni da sorvegliare, e questo mia madre lo sapeva benissimo.

Non avendo idea di cosa fanno i bambini, era costretta a inventarsi dei giochi e in questo non mancava di fantasia. Ne inventava ogni volta di originalissimi; uno che mi impegnò molto fu *La principessa che lava i vetri delle finestre*, e un altro che durò due settimane fu *La ballerina che puliva le righe tra le piastrelle* (380 mq).

L'alcool assunto insieme a un paio di Tavor le dava una specie di torpore tale da dimenticarsi di me per pomeriggi interi e questa sua negligenza faceva sì che nel corso della mia permanenza con lei mi procurassi una quantità incredibile di danni fisici.

Durante un'estate particolarmente funesta rischiai tre volte di annegare (due volte al mare e una con un bombolone ripieno di crema bollente), caddi dall'albero delle albicocche e mi graffiai anche un braccio per prendere i pulcini dalla gabbia.

Cominciammo a divertirci quando compii tredici anni.

Fu lei che mi insegnò a fumare aspirando, a barare a bridge, a interpretare l'I-Ching e a fare un Perfettomartini cocktail.

Mio nonno (il secondo) aveva continuato a sbattere le porte per anni e andarsene senza riuscirci mai veramente.

Quando lui sbatteva la porta, ogni volta per l'ultima volta, lei canticchiava quella canzoncina: «Cheri je t'aime, cheri je t'adoro come la salsa del pomodoro» e lui ritornava sempre, come fosse stato sotto incantesimo.

Durante gli anni successivi a quelle estati pericolosissime lei e mia madre non si erano più parlate.

Mia nonna le diceva che con me non ci sapeva fare, cosa

verissima, e mia madre le dava della bambina irresponsabile, altra cosa verissima, e così dimostrò che aveva ragione la figlia quando finì in fondo alla scarpata con la macchina. Se lo aveva fatto Grace Kelly…

Mia madre l'aveva odiata perché era stata distante, e di conseguenza mia madre era diventata distante con me.

Io lo sarei stata con mia figlia? La mia analista (che aveva sempre una risposta a tutto) sosteneva di no, che non è una questione di DNA.

Quindi sarei riuscita a spezzare questa catena karmica con la consapevolezza, impermeabilizzando la mia anima.

Non ero destinata a fare la stessa fine delle donne della mia famiglia.

No se non volevo. E io non volevo.

Emma era ancora insieme a Matteo dopo quasi tre mesi.

Non avevano ancora mai litigato e questo era un record, ma non avevano neanche mai fatto sesso e questo era un altro record.

Però pregavano tanto: si mettevano davanti al muro e smettevano di pregare solo quando raggiungevano "la totale fusione" con l'universo.

«È IL rapporto», ci aveva detto Emma un mercoledì e sottolineò «IL».

«È qualcosa che va oltre, non è terreno, è magico, trascende la comprensione umana, stupendo, fantastico, incredibile e quant'altro».

Vedevo Elisabetta che cercava di trattenere le risate dietro l'abituale *aplomb* del professionista, fingendo colpi di tosse a ripetizione.

«Perché no?», disse infine. «Molti rapporti funzionano su

altri piani, l'importante è che dentro di te tu senta che è esattamente quello che vuoi».

Ecco… l'aveva fatto di nuovo, aveva buttato giù il primo mattoncino del gigantesco domino dell'incertezza, fra pochi secondi avrebbe vacillato…

5… 4… 3… 2… 1…

«S-sì… certo che lo voglio, mi dà… l'equilibrio di cui ho bisogno, stiamo sempre a parlare, lui è sempre da me, vive praticamente da me… ma non mi dà fastidio».

Colpita e affondata!

«Come sta Christian?», visto che parlavamo di tragedie.

«È andato sotto casa di quella gran troia della tua amica ubriaco perso».

«Non è la mia amica e dagli…».

«Lo era comunque e lei non gli ha mai aperto. Lui ora si sta buttando nella musica, compone pezzi, poesie e quant'altro».

«Eamon è diventato strafamoso quando ha scritto quel pezzo contro la sua ex».

E ci mettemmo a cantare *Fuck it* dedicandola a Marina.

BRICIOLE

Il mercoledì successivo le cose andarono diversamente.

«Guardate qui», disse Emma sventolando delle fotocopie stropicciate che tirò fuori dalla borsa di tela.

Piangeva da stringere il cuore, a singhiozzi profondi, come i bambini quando non riescono a prendere il fiato. Le tremavano le mani.

Si sedette e tutti i fogli caddero per terra.

«Mi ha lasciato».

«Matteo?»

«Sì».

«Cazzo… no».

«Perché?»

«Mi ha dato queste…».

Ci mostrò le fotocopie tratte da uno dei loro libri di preghiera sottolineate con un evidenziatore giallo.

«Se sentite di stare trascurando quello che dovreste fare con la scusa dell'amore, dovete rendervi conto che la persona che frequentate non è quella giusta, è solo un demone travestito che vi induce in tentazione per sviarvi dalla retta via…».

E ancora:

«Se vi sentite euforici, stranamente allegri e non state pregando a sufficienza per trascorrere del tempo con la persona che credete di amare, non state facendo la cosa giusta, l'euforia passerà lasciando il vuoto dentro di voi...».

Matteo non aveva neanche avuto il coraggio di dirle che non aveva più voglia di stare con lei, le aveva dato le fotocopie e le aveva detto: «Lì è spiegato benissimo, non avrei saputo dirtelo meglio, però mi è passata, non so cos'altro dirti», e se n'era andato.

Il punto era: sapevamo benissimo di meritare di più, ma ci accontentavamo delle briciole pur di avere qualcuno disposto a darci un po' di affetto e di attenzione.

Ci convincevamo che era meglio di niente, facendo finta che quello che ci faceva male, ci umiliava e ci feriva non era poi così terribile.

Lo nascondevamo pensando che se fossimo riuscite a resistere, ad adeguarci e a non lamentarci mai, prima o poi lui si sarebbe trasformato nell'uomo più premuroso, dolce e innamorato del mondo.

Emma mi faceva una pena infinita, ma non mi sentivo come lei, anzi mi chiedevo come non riuscisse a riconoscere la sua ingenuità, e, diciamolo, in fondo mi sentivo superiore.

Bevve come una spugna e si accasciò sul divano dove rimase a dormire.

Tommaso rientrò tardi e vedendola tornò a dormire da sua madre. Non la sopportava perché non era conforme ai suoi standard di qualità e non poteva pensare di vederla sconvolta, con i capelli colorati e il piercing al sopracciglio la mattina a colazione mentre si sparava il frullato magico e faceva gli esercizi per potenziare la sua energia cosmica.

SCUSATE IL RITARDO

L'indomani chiamai Fabrizio.

Stava malissimo, si era trasferito da un suo amico.

Sua moglie non lo voleva più vedere, ma il peggio (e mi pregò di non dirlo a nessuno) era che Marina gli aveva fatto sapere di essere incinta.

E che lo avrebbe tenuto.

Mi chiedevo come avrebbe fatto a crescere un bambino da sola, senza un lavoro e con un padre malandato, ma Fabrizio mi disse che adesso Marina usciva con un avvocato miliardario di settantasei anni.

Fabrizio non credeva neanche che il bambino fosse suo, ma l'idea di fare il test del DNA, umiliare ulteriormente sua moglie e i suoi bambini per una stupida cazzata, lo faceva sentire ancora più un verme.

Ma perché non ci aveva pensato un attimo prima di tirarselo fuori? Comunque non glielo chiesi.

Però riuscì ugualmente a convincermi ad accettare un altro dei suoi lavori sfigati.

Appena arrivata a casa azionai il tam tam di radio serva e diedi il notizione a tutti.

Che gusto c'è a essere a conoscenza di un super succulento segreto e non condividerlo con il prossimo?

Emma urlò di gioia e disse che avrebbe partorito l'anticristo e decise di chiamarlo *Rosemary's Baby*.

Ci chiedemmo se c'era possibilità che fosse di Christian, ma lui ci confermò che, prima che si lasciassero, erano mesi che non si faceva toccare.

Elisabetta disse qualcosa del tipo: «Ma porca miseria, è possibile che restino tutte incinta tranne me?», poi ritrovò il consueto controllo e si mise a ridere, anch'io mi misi a ridere, ma quando mi ricordai che ero in ritardo di due settimane e avevo le tette come meloni, pensai che non avevo un cazzo da ridere.

Alle sei della mattina dopo ero in piedi in cucina a rigirarmi fra le mani la scatola blu del test di gravidanza, "il test che ci azzecca più che mai, anche dal primo minuto di ritardo".

Tommaso dormiva ancora.

Immaginavo la scena di *Mi presenti i tuoi* quando lei dice a Ben Stiller di essere incinta e lui le dice «Oddio, è bellissimo, ti amo tanto, come siamo fortunati!».

Tommaso sarebbe svenuto.

Il cuore mi batteva all'impazzata, estrassi il tampone e seguii le istruzioni. Assonnata com'ero me la feci sulla mano un paio di volte. Avvitai lo stick alla base e aspettai i fatidici tre minuti che separano la tua fragile vita dall'inferno della maternità.

In fin dei conti avevo idee assai tradizionali in fatto di famiglia, ci volevano:

Un uomo innamorato;

Il matrimonio in chiesa;

La luna di miele alle Maldive;

Bambini;

Nipoti;

Invecchiare insieme.

Non erano contemplati abbandoni salvo in caso di decesso.

Non mi vedevo nei panni della coraggiosa madre single che viene intervistata per strada e dice: «Mio figlio è la cosa più bella che ho, anche se suo padre non l'ha mai riconosciuto siamo lo stesso una famiglia, vero Luca?». E Luca che alza il dito medio…

No, no, no.

Arturo cominciò a raspare alla porta e miagolare. Quando qualcuno si alzava la mattina doveva per contratto dargli del cibo, a qualunque ora, ma Tommaso non si doveva svegliare, mi alzai dal water per dargli i croccantini, quando dalla cucina sentii Tommaso che stava per entrare in bagno.

«Ma che avete tutti stamattina, la prostata?».

Buttai la scatola per terra e corsi come per disinnescare una bomba a orologeria infilandomi fra lui e la porta socchiusa, afferrai il test e me lo misi sotto l'ascella.

«Che stai facendo?»

«Niente, mi provo la febbre, mi sento strana».

«Allora vado a dormire sul divano, non vorrei tu me l'attaccassi, domani ho un incontro».

E questo era il padre di mio figlio???

Sentivo l'ascella umida di pipì calda che mi colava lungo il fianco.

Rimasta sola con il test della verità, fu con immenso sollievo che vidi che si era trattato di un falso allarme.

Ne feci un altro per sicurezza.

Decisamente volevo di più, ma per il momento mi potevo

anche accontentare, e se poi avessi conosciuto l'uomo dei miei sogni, allora… Adios Tommaso.

Questa soluzione mi fece sentire molto scaltra.

E andai a farmi prescrivere la pillola.

POMPA MAGNA

Il lavoro nuovo era in un ufficio di cambio.

Sembrava una cosa tranquilla, stavo seduta in uno sgabuzzino con un vetro blindato e cambiavo i soldi ai turisti. Potevo leggere quanto mi pareva e ascoltare la musica, non sembrava male anche se lavoravo tutte le domeniche.

Dopo un po' cominciai a capire l'inghippo.

Avevamo un tasso d'interesse pari a quello di uno strozzino scozzese di origini ebraiche e la percentuale era scritta fuori in carattere astutamente microscopico in un angolo di un tabellone. Gli ignari turisti mi passavano i loro biglietti da cento dollari e io gliene rendevo meno della metà. A volte non se ne accorgevano, ma quando accadeva erano minacce di morte, sputi e pugni sul vetro.

E come dar loro torto?

Non era poi così rilassante, non per niente veniva da Fabrizio che adesso cominciava a sembrarmi sempre più stronzo.

Emma si era trasferita da me perché la stavano sfrattando.

Christian era preso con la tournée del suo gruppo e non viveva più con lei, quindi da chi altri poteva andare?

Quando tornavo a casa la trovavo a rimbambirsi di litanie davanti al muro bianco, con una bottiglia di vino a metà, fazzoletti pieni di lacrime e portacenere stracolmi di sigarette.

Mi dava un fastidio bestiale sentire di nuovo la depressione aleggiare così liberamente in casa mia.

Egoisticamente avrei preferito che non stesse così male, consolare qualcuno a volte è davvero pesante, specialmente qualcuno con il cuore spezzato. Ma lei c'era sempre stata per me, e anche se era un personaggio bizzarro, contraddittorio e fragile, le volevo bene come a una stramba sorella.

Tommaso era estremamente infastidito dalla sua presenza.

«Ma quando se ne va?»

«Quando starà meglio e avrà trovato un posto dove stare».

«Ma quella non lavora, come se lo paga l'affitto?»

«Neanche tu lavori, e vivi in due case a quanto vedo».

«È diverso, io non sono un debosciato parassita, io ho una laurea».

«Già è vero, cambia tutto…».

Una notte mi alzai per andare in bagno e vidi la luce filtrare da sotto la porta del salotto.

Emma stava passando un'altra notte di lacrime, forse avrebbe fatto bene a prendere qualcosa, ma con tutto il vino che beveva, rischiava il collasso.

Entrai a vedere come stava e ci misi qualche secondo prima di capire cosa stesse facendo in ginocchio per terra con in bocca un pezzo (*quel* pezzo) di Tommaso, che stava in piedi davanti a lei con le mani in vita e gli occhi chiusi.

In quel momento crollò tutto il mio piccolo, stupido, ridicolo e patetico mondo.

La mia amica triste, disperata e depressa che ospitavo perché non aveva un posto dove stare, stava facendo un pompino a quel testa di cazzo del mio ragazzo, superuomo laureato, ripieno di proteine e succube di madre.

Che mondo di merda che era diventato.

Il disgusto fu tale che trattenendo la voglia di vomitare su di loro urlai qualunque tipo d'insulto mi venisse in mente, sembrava avessi un attacco di La Tourette.

Mi sentii come dall'altra parte di un vetro, come all'ufficio di cambio, ma senza percentuale.

Volevo fermare il mondo, riportarlo indietro e staccarli prima che tutto succedesse, ma ormai era successo, lui mi aveva tradito con la mia migliore amica, mentre io dormivo a un metro di distanza.

Urlai come un'isterica, tirai i capelli ad Emma e presi a schiaffi Tommaso che si difese e mi immobilizzò.

Mi dicevano di stare calma, quei pezzi di sterco, loro a me. Tommaso mi teneva le braccia bloccate mentre la nausea mi saliva alla gola ed ero così umiliata e delusa che non avrei mai voluto piangere davanti a loro.

Purtroppo non ci riuscii.

Mi buttai in ginocchio per terra e cominciai a singhiozzare disperata tanto che credetti di morire di crepacuore.

«Andate via bastardi!», urlai con tutto il fiato che avevo in gola, e loro se ne andarono senza dire niente.

Ero distrutta.

A un'ingenua sentimentale come me non poteva capitare una cosa peggiore.

Il dolore mi tolse il fiato, tanto da non riuscire più a piangere, tremavo, vomitavo, volevo svegliarmi da quell'incubo mostruoso.

Invece non mi svegliavo, l'immagine rimase chiara e nitida nei miei occhi, incomprensibile, assurda, folle e vera.

VIA DALLA PAZZA FOLLA

Tre giorni dopo stavo partendo per le Bahamas.

Lo dissi solo a mia madre per evitare che qualcuno non vedendomi facesse buttare giù la porta col timore di trovarmi morta. Non si meritavano certo la mia morte quei due animali, ma il gesto insano faceva parte delle coreografie psicotiche della mia famiglia.

Avevo bisogno di capire se qualcuno al mondo mi aveva voluto sinceramente bene, almeno una volta in vita sua, e così, senza pensarci due volte, avevo prenotato un volo ed ero partita.

Completamente incosciente di quello che stavo facendo e di quello che mi accadeva intorno non mi accorsi neanche delle tredici ore di volo.

Stravolta dagli avvenimenti, dal fuso orario e dal lungo volo arrivai a notte inoltrata nell'Isola di Eleuthera.

Riconobbi l'odore del mare, dei fiori, dell'aria straordinariamente fresca.

Ero partita da lì tre anni prima sconvolta dal dolore per la morte di mio padre ed ero tornata sconvolta da un doppio tradimento, ma il paradiso era rimasto intatto, così come era rimasto nei miei ricordi in quegli anni.

Dormii un giorno intero. Quando ripresi conoscenza, mi

ricordai del perché mi trovassi lì e d'improvviso mi sembrò l'idea più cretina che avessi mai potuto avere.

Ero fuggita, ma il mio cervello, purtroppo, era venuto con me.

Non si piombava così senza preavviso da un ex fidanzato che non si vedeva da tre anni, giusto per farsi dire che il mondo non è poi così cattivo.

Qualche giorno dopo affrontai la ragione per cui ero arrivata fin laggiù, senza un briciolo di coraggio.

Eccomi ripercorrere ogni centimetro di quelle strade così familiari, le case di legno, il mare turchese, i bambini con la divisa della scuola che giocavano con lo yo-yo, il ritmo lento, sano e gioioso che ricordavo.

La casa di Gregory era un po' distante dal mio albergo, ma mi faceva bene camminare, mi rilassava, c'era spazio, c'era cielo sulla mia testa, le case erano ben distanti le une dalle altre, nessuno si rubava l'aria, non passava nessuna macchina, solo tanta vegetazione, banani, alberi, prati verdi e, in fondo, il mare.

Arrivata in cima alla strada vidi spuntare la casa di Gregory, bianca, semplice, con la stessa Jeep parcheggiata fuori. Mi fermai dall'altra parte della strada per guardare senza essere vista. Se non fossi mai partita, la mia vita adesso sarebbe stata lì con lui, con quella gente, in quella terra.

Dio quanti ricordi.

Chissà se era cambiato, io di certo lo ero, non tanto per l'aspetto, ma sicuramente il mio sguardo non era più lo stesso, qualcosa in me si era spento.

Poi, d'un tratto lo vidi e mi sentii avvampare dall'emozione.

Era sempre uguale, i capelli un po' più lunghi, ma sempre

lui, il mio Gregory, con i pantaloni bianchi e la camicia aperta e un altro amuleto di osso al collo.

Camminava sulla spiaggia con un bambino piccolissimo in braccio e un altro che gli teneva la mano.

Già. Logico.

Come avevo fatto a non pensarci.

Era giusto così.

Ripartii tre giorni dopo.

Mi rintanai nella mia camera d'albergo a piangere e a dormire, e ogni tanto andavo a passeggiare sulla spiaggia.

Passavo delle ore a guardare quel mare infinito con il cuore gonfio di malinconia e facevo schizzi su un taccuino: Gregory con i bambini, la casa, la veranda e sì, lo ammetto, anche Emma che lo prendeva in bocca a Tommaso, ma quello lo strappai subito.

Ero stata stupida a pensare che Gregory avrebbe fermato la sua vita per aspettare me che non mi facevo viva da più di due anni ormai.

Qui la vita seguiva dei percorsi più normali, la gente aveva rispetto per la propria salute, per la famiglia, per la natura, non si ammazzava per diventare qualcuno o qualcosa, non andava in depressione, non diventava bulimica, non aveva bisogno di comprare, apparire, sballarsi.

Qui pensavano a vivere, stare in pace e in salute, sposarsi, fare dei bambini, vederli crescere, invecchiare e poi morire quando era il momento, senza cercare di fermare il tempo.

Quando tornai a casa mi vennero i brividi all'idea di varcare la soglia.

Non volevo più vedere nessuno, non volevo più abitare lì.

Sotto la porta c'era una lettera di Emma che strappai senza leggere e la segreteria era intasata dai messaggi.

Elisabetta aveva chiamato quattro volte preoccupata da morire, Tommaso almeno otto chiedendo come stavo, che mi doveva parlare e di chiamarlo quando tornavo. Li cancellai.

I messaggi di Emma fecero la stessa fine.

Ero disposta a uccidere chiunque avesse ancora pronunciato le parole «Mi dispiace, è stato uno sbaglio, vorrei spiegarti».

Il gatto Arturo, offeso per essere stato abbandonato, aveva organizzato una gigantesca protesta facendo una montagna di cacca sul letto e sul divano, o forse era la sua opinione circa l'accaduto e anch'io la pensavo esattamente così.

Rimasi seduta in salotto a guardare il vuoto, la mia valigia per terra, il gatto che si strusciava attorno alle mie gambe.

Era il segno che le cose dovevano imperativamente cambiare, che era tutto sbagliato, avevo fatto solo scelte sbagliate, sia nelle amicizie che in amore, ero stata cieca e sorda e non avevo costruito niente per me.

Senza neanche fare una doccia o una telefonata presi i miei pennelli e le mie tele e dipinsi per ore. Tutto quello che avevo visto alle Bahamas e Gregory e il mare e come volevo che la mia vita diventasse di lì a poco.

Alla fine, stremata, decisi che forse mia madre avrebbe potuto fare qualcosa per me.

Era allegra e di buon umore quando la chiamai e le chiesi se conosceva qualcuno fra i suoi amici che avrebbe potuto aiutarmi ad allestire una mostra di pittura.

«Allora sei proprio come la nonna!», mi disse.

«Ho paura di sì, mamma, credi di potermi aiutare?»

«Come no, Carlo Maria sarà felice di aiutarti».
«Chi è Carlo Maria mamma?»
«È il mio futuro marito».
«Allora sei proprio come la nonna!».
Si mise a ridere.
«Almeno è maggiorenne mamma?»
«Sì, tesoro, è un vecchio signore, vedovo e molto innamorato».
Tesoro? Non mi chiamava così dal '73, doveva essere proprio felice.
«Sono contenta per te mamma».
«Tu stai meglio tesoro? Te l'avevo detto che la tua amica era una poco di buono».
«Sì è vero, dovevo darti retta, mi servirà di lezione».
Che bello avere una conversazione normale con mia madre. Dopo tanti anni.

THE SHOW MUST GO ON

Alcuni giorni dopo stavo allestendo la mia prima mostra.

Che sensazione straordinaria quella di aver trovato il proprio elemento e sentirsi bravi a fare qualcosa.

Il telefono squillò.

Era Tommaso

«Ciao», disse.

«Ciao».

«Sei tornata...».

«Sì».

Lo stomaco mi si era chiuso, ero combattuta fra il riattaccare e insultarlo pesantemente.

«Posso venirti a trovare? Ho bisogno di parlarti».

«No».

«Ti prego ti devo spiegare».

Sembrava angosciato.

...Ho detto sembrava.

«Non provare ad avvicinarti a questa casa».

«Dai, ma scherzi? Passo fra mezz'ora».

«Tommaso, forse hai il cervello impastato dalle proteine, ma ti posso assicurare che se ti avvicini chiamo la polizia».

«Si vabbè, arrivo fra poco».

Cazzo, non mi prendeva sul serio?

Quell'animale pensava ancora di venire a casa mia quando voleva.

Certo. Perché no, lo avevo perdonato una volta, perché non una seconda. Chiamai la polizia.

Spiegai che subivo molestie dal mio ex compagno, che mi aveva tradito con la mia migliore amica e (già che c'ero) che mi picchiava.

I poliziotti adorano poter difendere una donna.

Quando Tommaso arrivò e trovò i due poliziotti ad aspettarlo sulla porta rimase di sasso.

Pensò fosse uno scherzo e cercò di entrare comunque ma i due agenti lo bloccarono dicendogli, con le buone, che doveva allontanarsi.

«Dai, cos'è questa cazzata? Uno scherzo? Sono amici tuoi? Ti devo parlare».

I poliziotti adorano fermare qualcuno che insiste.

Quando gli si misero davanti, cominciò a reagire e sferrò un colpo di qualcosa di orientale a uno dei due.

I poliziotti adorano poter picchiare qualcuno che molesta una donna.

Lo ammanettarono e lo portarono via.

Che soddisfazione.

La mia amica Emma molto più psicopatica e insistente di lui, fece direttamente un sit-in davanti alla porta, finché la vicina (quella delle piante) mi pregò di farla entrare perché non ne poteva più di vederla dormire un'altra notte sullo zerbino.

Era ridotta uno schifo, le occhiaie le toccavano terra, spettinata e sporca e mi guardava con un'aria finto-umile che diceva «Ti prego perdonami».

Era pur sempre un'attrice.

«Ti faccio entrare solo se ti togli quell'espressione del cazzo dalla faccia».

Si mise a piangere.

«E se smetti di piangere, perché sei l'ultima ad avere una ragione per piangere».

Smise.

Era davvero una brava attrice!

Entrò a testa bassa.

«Hai avuto il coraggio di dire che Marina era una gran troia, a quanto pare questa è la qualità che accomuna tutte le mie amiche!».

«Ti prego non infierire, mi sento così male».

«Poverina! In fondo che hai fatto di male... giusto un pompino al mio ragazzo mentre io dormivo nella stanza accanto, niente di serio!».

«Dai finiscila».

«O forse hai pensato che le vere amiche dividono tutto, quindi perché non anche l'uomo?»

«Io ero fatta».

«E hai sbattuto sul suo uccello mentre cercavi le sigarette? Dove le avrò messe? Toh guarda, un cazzo! Fumiamoci questo! Tu non hai un briciolo di morale, di rispetto di te e degli altri. Io lo so che non l'hai fatto per farmi del male, è ancora peggio, l'hai fatto perché non hai un briciolo di midollo, l'hai fatto perché non hai principi, perché non sapevi cosa fare, sono sicura che non ti è nemmeno piaciuto!».

Stavo urlando.

«È vero non sapevo quello che facevo».

«Ma l'hai fatto, Emma! L'hai fatto! Hai infranto le regole base dell'amicizia! Almeno tu lo avessi fatto per amore, l'hai fatto per disperazione».

«Sì, è vero, l'ho fatto per disperazione».

Piangeva, si tormentava il piercing e fumava.

«Adesso è meglio che tu vada».

Mi alzai e l'accompagnai alla porta.

«Non sarai più mia amica?»

«Tu cosa pensi?»

«Mi devi perdonare, io sto male, vorrei morire, sei la mia migliore amica».

«No, ero la tua unica amica e poi il perdono è divino... prega, magari ti aiuta».

Chiusi la porta e con lei tagliai fuori tutto un pezzo della mia vita che era andato in cancrena e che stava rischiando di far marcire tutto il resto.

La sensazione fu straordinaria.

Quando si comincia a dominare la propria esistenza, tutto scorre naturalmente.

CHI L'AVREBBE MAI DETTO?

Alla radio alcuni giorni dopo trasmisero un pezzo e riconobbi immediatamente la voce di Christian:

> Mescolo le mie lacrime con le sue
> lacrime... lacrime... e ancora lacrime...
> è più forte il boato di una lacrima che cade su un foglio del
> [fragore della tempesta.
> È più doloroso della guerra l'inchiostro che si scioglie,
> una frase che sbiadisce sotto il tuo viso bagnato.
> ...
> Ma non ti è concesso
> la magica cascata di pensieri è sulle tue spalle.
> ...Quando questo sarà apparentemente passato
> vedrai l'amore
> scivolato via senza freni dalle tue dita.

Aveva reagito bene, si stava salvando.

In un angolo del mio cuore speravo che Emma un giorno avrebbe fatto lo stesso percorso.

Non riuscivo neanche a provare un vero odio per lei, talmente mi faceva pena.

Tommaso continuava a chiamare, stava diventando imbarazzante.

Intasava la mia segreteria senza ritegno.

Un giorno, mentre stavo dipingendo un magnifico campo di girasoli, squillò di nuovo il telefono.

Cristo che rabbia, avevo le mani sporche di tempera e non avevo più voglia di sentire quella voce, pensavo di chiamare di nuovo i miei amici poliziotti.

«Che c'è?», risposi molto seccata.

«You must be totally crazy», disse la voce dall'altro capo del filo.

«Cosa? Pronto?», era molto disturbato.

«Crazy completely crazy».

Solo una persona al mondo poteva darmi della pazza in inglese...

«Gregory, sei tu?»

«No, sono quell'imbecille che non hai neanche voluto salutare dopo tre anni che non lo vedevi».

Rimasi ammutolita.

«C-come hai saputo che sono venuta?».

«Quando me l'ha detto il benzinaio, gli ho chiesto se avesse bevuto, ma quando me l'ha detto anche Miss Ruth non ho potuto non crederci, allora sono stato all'albergo, per fortuna ce n'è uno solo, e lì mi hanno confermato che eri tu. Puoi anche solo immaginare come mi sono sentito?»

«Gregory...», cominciò a mancarmi da morire, ma lui era un uomo sposato ormai, «sono venuta fino a casa tua...».

«Sei venuta fino a casa e non hai suonato? Ma sei impazzita davvero? O... Forse eri in luna di miele con tuo marito...».

«No, sono venuta da sola...».

«Allora perché? Perché? PERCHÉ?», urlava.

«Perché ti ho visto con i tuoi figli ecco perché!».

Silenzio.

«Hai visto Stephanie e Jasmine?».

«Ti ho visto con un bimbo in braccio e un altro che ti teneva la mano».

«Hai visto i figli di… Ella».

«I figli di Ella? Non sono i tuoi?»

«Io sono rimasto solo da quando sei andata via, mia madre è disperata, sono lo zimbello del villaggio, hanno provato tutti a presentarmi le loro cugine, le loro sorelle, le amiche, ma io, che sono un idiota, non riesco a toglierti dalla testa».

«I figli di Ella…».

Gregory era fuori di sé, io invece ero al settimo cielo.

L'uomo della mia vita mi amava ancora e questa era la prova tangibile che se lui è quello giusto ti aspetterà per sempre.

Due o tre lettere erano andate perdute, non ricevendo mie notizie aveva tentato di telefonarmi ma avevo cambiato numero e non ero sull'elenco (perché mia madre era contraria).

Alla fine si era rassegnato e io pure.

Lui era arrabbiato e io ridevo.

Un minuto di telefonata costava dieci dollari. stava spendendo una follia, ma sembrava non accorgersene perché a un certo punto si mise a ridere anche lui.

La mostra fu un successone.

La mamma invitò tutti gli amici del Rotary, del Club del Golf, del Circolo Ufficiali, della Croce Rossa, del Bridge e della Croce di Malta.

Fece qualche battuta su come il mio stile fosse ancora un po' immaturo e rudimentale, ma nel complesso era «molto fiera di me».

Le parole esatte furono: «Sì belli… sono abbastanza belli, certo siamo ancora lontani dalla perfezione, però c'è della stoffa, quando io e tuo padre andavamo in Costa Azzurra ci vedevamo spesso con Pablo, sì, devi fare ancora molta strada, ma sono molto contenta».

D'accordo, non disse esattamente «fiera di te», ma mi piace credere che lo abbia pensato.

Tre dei miei quadri furono venduti: un ritratto di mio padre, un tramonto particolarmente struggente e un ritratto di noi quattro amiche, quando ancora lo eravamo, fatto durante uno dei nostri mercoledì.

Fu dura separarsene, ma fu bello incassare l'assegno.

L'indomani andai in banca e questo è quello che successe quella mattina.

QUELLA MATTINA...

«Puoi stare zitta adesso? Sono più di tre ore che parli, mi è venuto il mal di testa», dice il buzzurro sempre puntandomi la pistola.

Sto praticamente facendo salotto con i miei compagni di sventura a cui ho raccontato tutta la mia vita e si sono tutti molto appassionati alle mie disavventure.

«E non hai più visto Emma?», mi chiede una ragazza con i capelli rossi.

«No, ho saputo che è partita per il Perù per ritrovare se stessa».

«E Christian?», fa eco una signora.

«Ma lui è famoso, io l'ho anche visto in concerto», dice un ragazzo.

«E Marina invece?», fa uno dei rapinatori.

«Marina è infelicemente sposata con l'avvocato che la tratta a pesci in faccia, lo so perché mia madre lo conosce».

«Finiscila adesso hai rotto i coglioni», dice l'altro rapinatore.

«Io ti ho rotto i coglioni? Hai un bel coraggio Signor Rapinatore, non si tratta così una donna, ho fame, mi scappa la pipì e mi fa male tutto».

Gli altri tacciono e fanno sì con la testa.

Il tizio non mi risponde e torna alla porta d'ingresso, fuori c'è la polizia. Saremo quindici persone, ma nessuna traccia dell'anziana cardiopatica che deve prendere le medicine permettendo a Bruce Willis (travestito da dottore) di venire a salvarci. Niente. Hollywood non ci ha insegnato niente a noi italiani!

Finché il miracolo: nello spazio di un secondo arrivano i nostri che irrompono in banca e io faccio appena in tempo a vedere un'ombra gigante che spinge via il buzzurro e precipita su di me.

Picchio una testata memorabile.

«Ti sei fatta male?», mi chiede il proprietario dell'ombra gigante che mi sta schiacciando.

«...Capocciata...», dico con un filo di fiato.

È un poliziotto!

«Coraggio è tutto finito», dice sorridendo.

Com'è carino!!

«Come ti chiami?», mi chiede

«Arianna, ma tutti mi chiamano Aria».

EPILOGO

In settembre andammo tutti al matrimonio di Elisabetta, raggiante vestita in bianco avorio e splendidamente incinta di quattro mesi.

Mia mamma, anche lei fresca di nozze con Carlo Maria, portò con sé Lalidia sempre dignitosamente truccata in blu cobalto e rosso Valentino.

Christian "Special Guest" cantò l'*Ave Maria* di Schubert, le ragazzine impazzirono.

Emma ebbe la faccia tosta di venire alla festa con la scusa del fratello che cantava e non potemmo fare a meno di metterci a ridere.

Fui testimone di Elisabetta e suo marito e poi partii con loro in luna di miele per le Bahamas, dove loro due fecero da testimoni alle mie nozze con Gregory.

Adesso insegno italiano e pittura in una scuola qui a Eleuthera e quelle tre pesti che stanno imparando a fare i tuffi con il loro papà sono i miei bambini e se me lo chiedete adesso dico…

Sì, sono felice.

RINGRAZIAMENTI

Rimango sempre sconcertata quando leggo la pagina dei ringraziamenti di certe autrici soprattutto americane che scrivono cose tipo: «Ringrazio la mia adorabile agente che è come una madre per me, la mia efficientissima editor per aver riscritto il libro sei volte, Tracy, Baby e Lizzie le mie insostituibili assistenti che mi hanno spiegato la differenza fra un verbo e un aggettivo, mia madre per il volantinaggio, i miei cinque ex mariti, i miei yorkshire e naturalmente Dio».

Questa volta anch'io voglio fare dei ringraziamenti d'eccezione.

Innanzitutto ringrazio il cassiere della mia banca per aver smesso di chiamarmi tutti i lunedì mattina per dirmi quanto sono in rosso, ringrazio il tizio che ha smesso di graffiarmi la macchina e che adesso mi gira solo gli specchietti, mia madre per tenermi i gatti quando non ci sono (anche se adesso preferiscono lei a me) e mio padre per essere vivo e vegeto.

Ringrazio la famiglia Avanzini e Giusi "prima-ero-una-quaranta" Sorvillo per ricordarmi costantemente che non sono Victor Hugo.

Il mio fantastico fratello Daniel autore di tutte le poesie e i testi e tutti coloro che nel corso della mia vita hanno contribuito alla creazione di questo romanzo.

Grazie di cuore.

INDICE

p. 7 Quella mattina…
9 Primo giorno di scuola ed altre sensazioni sgradevoli…
11 Ambizioni
14 Che palle!
21 Quando il gallo canta… Mai voltarsi indietro
24 Another Day in Paradise…
29 Carmen
32 Whispers (sussurri)
40 Lacrime
42 Ombre dal passato
44 Arsenico e vecchi rancori
48 L'uomo degli aquiloni
50 Onde
54 Stanislavskij
57 Emma
61 Paura
65 La cena delle beffe
74 Taglie forti
76 Urne tempestose
78 La mamma è sempre la mamma
80 Incontri ravvicinati
84 L'edipo mi seppellirà

p. 93 Marina
96 Altro giro altra corsa
99 Permesso devo scendere!
101 I quattro elementi
104 Cul de sac
107 Il mal voluto…
111 La sicurezza degli oggetti
114 Arturo
119 Regali
121 Maledetto il giorno che t'ho incontrato…
125 Polaroid
128 Bisturi
130 Natale in casa Cupiello
132 A volte ritornano
136 Chi la fa l'aspetti
140 Obiezione vostro onore!
142 "Colazione" a ripetere
144 Vuoi mettere *Via col vento*?
148 Guai in paradiso
152 I miei primi trent'anni
156 Seconda lettera…
159 Come dire alla propria madre che ha sbagliato tutto nella vita e vivere felici… o quasi
164 Mamma mia!
166 La legge di Murphy (se qualcosa può andare storto… lo farà)
171 Scemi e sciamani
174 Urla silenziose
176 Falli e fallimenti
180 «…E cento trappole prima di cedere…»
185 Qualcuno mi aiuti!

p. 188 Cerbiatti e samurai
192 Freud & friends
196 Vampiri
200 Lupi…
202 E… pecore
204 Distacchi
209 Reggiseni
214 L'artista
218 Briciole
220 Scusate il ritardo
224 Pompa magna
227 Via dalla pazza folla
232 The Show Must Go On
236 Chi l'avrebbe mai detto?
240 Quella mattina…
243 Epilogo

244 *Ringraziamenti*

Grandi Tascabili Contemporanei

Ultimi volumi pubblicati

Sherry Jones, *La sposa guerriera. A'isha e la rivolta islamica*
Giulio Castelli, *Gli ultimi fuochi dell'impero romano*
Roberto Genovesi, *La legione occulta dell'impero romano*
Chris Priestley, *Le terrificanti storie di zio Montague*
Tom Harper, *La città dei libri proibiti*
Gaile Parkin, *Il profumo dello zucchero a velo*
Simon Scarrow, *Sotto l'aquila di Roma*
Michael White, *L'anello dei Borgia*
Elizabeth Eslami, *Il mio matrimonio combinato*
Jon E. Lewis (a cura di), *Sul tetto del mondo*
Steve Alten, *2012. La resurrezione*
Niamh Greene, *Uomini: l'importante è farli soffrire*
Clare Dowling, *Quando l'amore va in vacanza*
Robert E. Howard, *Conan il barbaro*
Stuart MacBride, *Il collezionista di occhi*
Carmen Reid, *Shopping mania*
Torsten Pettersson, *A L'alfabetista*
Paolo Di Reda – Flavia Ermetes, *Il labirinto dei libri segreti*
Álex Rovira – Francesc Miralles, *L'ultima risposta di Einstein*
Lorenzo Borghese, *I segreti di una principessa*
Ann Brashares, *Grande amore*
Dan Rhodes, *Il bizzarro museo degli orrori*
Ann Featherstone, *Il circo maledetto*
Scarlett Thomas, *Il nostro tragico universo*
Christoffer Carlsson, *Lo strano caso di Stoccolma*
Fiona Neill, *Tutto l'amore che c'è*
Fabio Delizzos, *La setta degli alchimisti. Il segreto dell'immortalità*
Simon Scarrow, *La spada di Roma*

Lorenza Ghinelli, *Il Divoratore*
Lisa Jane Smith, *Il diario del vampiro. Il risveglio*; *La lotta*; *La furia*; *La messa nera*
Massimo Lugli, *Il Carezzevole*
Unni Lindell, *La trappola*
Keri Arthur, *Black Moon. L'alba del vampiro; I peccati del vampiro; La tentazione del vampiro*
Olle Lönnaeus, *Il bambino della città ghiacciata – Il grande segreto di Mike Larsson*
Patrick Woodhead, *La montagna proibita*
Andrea Frediani, *Dictator. L'ombra di Cesare; Il nemico di Cesare; Il trionfo di Cesare*
Roxana Saberi, *Prigioniera in Iran*
Judith Summers, *Il mio dolce George*
Federica Bosco, *S.O.S. Amore*
Massimo Lugli, *L'adepto*
Naomi Ragen, *Una moglie a Gerusalemme*
Edgar Rice Burroughs, *John Carter di Marte*
Stuart MacBride, *La casa delle anime morte*
Christine Feehan, *Il principe vampiro. Attrazione fatale; Desiderio; L'oro nero*
Giulio Castelli, *476 a.D. L'ultimo imperatore*
Raymond Khoury, *L'eredità dei Templari*
Roberto Genovesi, *Il comandante della legione occulta*
Lars Rambe, *Il mosaico di ghiaccio*
Nancy Kilpatrick, *La rinascita del vampiro*
Colleen Gleason, *I cacciatori di vampiri. La saga completa dei Gardella*
Kenizé Mourad, *La principessa ribelle*
Tim Wallace-Murphy, *Il codice segreto dei Templari*
Shelley Klein – Miranda Twiss, *I personaggi più malvagi della storia*
Claudio Rendina, *Cardinali e cortigiane*
Michael Hart, *Gli uomini che hanno cambiato il mondo*
Claudio Rendina, *La vita proibita dei papi*
Laurence Gardner, *La linea di sangue del Santo Graal*
Andrea Frediani, *Le grandi battaglie di Giulio Cesare*
Andrea Frediani, *Le grandi battaglie di Alessandro Magno*
Stuart MacBride, *Sangue nero*

Lisa Desrochers, *Il bacio maledetto*
Jean Richard, *La grande storia delle crociate*
Lionel e Patricia Fanthorpe, *Il mistero del tesoro dei templari*
Colin e Damon Wilson, *Il grande libro dei misteri irrisolti*
Philip Matyszack, *I grandi nemici di Roma antica*
Pino Casamassima, *Il libro nero delle Brigate Rosse*
Giuseppe Carlo Marino, *Storia della mafia*
Lisa Beth Kovetz, *Il club erotico del martedì*
Daniel Wallace, *Il circo del diavolo*
Jane Yolen – Midori Snyder, *Il diario delle fate*
Simon Scarrow, *Il gladiatore*
Harry Sidebottom, *Il guerriero di Roma. Il re dei re*
Nick Stone, *Il rituale*
Nancy Kilpatrick, *Gli amori del vampiro*
Dana Stabenow, *CSI Alaska. Primavera di ghiaccio*
Vincenzo Ceruso, *Uomini contro la mafia*
Douglas Jackson, *Morte all'imperatore!*
Lin Anderson, *L'incendiario*
Ann Featherstone, *Il circo degli impiccati*
Douglas Jackson, *Il segreto dell'imperatore*
Scarlett Thomas, *Il giro più pazzo del mondo*
Charlene Lunnon – Lisa Hoodless, *Le bambine silenziose*
Torsten Pettersson, *B Il burattinaio*
Christoffer Carlsson, *La casa segreta in fondo al bosco*
Claudio Rendina, *Le papesse*
Andrea Accorsi – Daniela Ferro, *Le famiglie più malvagie della storia*
Vittorio Paliotti, *Storia segreta della camorra*
Tobias Churton, *Le origini esoteriche della Massoneria*
Simone Venturini, *Il libro segreto di Gesù*
Giuseppe Antonelli, *Augusto*

Federica Bosco

Cercasi amore disperatamente

Volume in brossura. Pagine 256. Euro 6,90

Cercasi amore, cercasi in ogni luogo, affannosamente, disperatamente: per Arianna è così. Lei a quell'amore non vuole rinunciare. Lei quell'amore lo vuole a dispetto di tutti: dei suoi genitori compassati, dei suoi amici un po' suonati, dei suoi fidanzati sconclusionati, dei suoi lavori improvvisati. Arianna quell'amore lo cerca. Arianna è come tante tra noi. È una fragile, ingenua, imbranata eroina, e questa è la sua storia. Con il consueto stile frizzante e arguto, tra battute fulminanti e rovinose gaffe, Federica Bosco costruisce ad arte un delicato racconto che parla d'amore.

Federica Bosco

S.O.S. amore

Volume in brossura. Pagine 384. Euro 4,90

Chiara ha 35 anni e una disastrosa situazione sentimentale. Vive a Milano con sua sorella Sara; ha una madre che la tiene in ostaggio con i suoi attacchi di panico e un pittoresco padre che vive a Cuba, che le ha mollate da piccole dopo averle sfrattate. Con questi presupposti non c'è da stupirsi che l'autostima di Chiara sia sotto terra: non crede neanche più di meritare un amore vero. Destinatario dei suoi sfoghi è il dottor Folli, il suo analista, a cui ogni settimana racconta un capitolo della sua disastrata vita amorosa, dalle elementari in poi. Il dottore l'aiuterà con ironia a recuperare l'autostima, riaprendo ferite mai rimarginate e affrontando nuove battaglie.

NEWTON COMPTON EDITORI

Federica Bosco

Innamorata di un angelo

Volume rilegato. Pagine 384. Euro 5,90

Mia ha sedici anni. Ribelle, ironica, determinata, sempre pronta ad affrontare con tenacia le incertezze della sua età: scuola, compagni, genitori separati, e un rapporto burrascoso con la madre single che la adora, ma è una vera frana in fatto di uomini.

Federica Bosco

Il mio angelo segreto

Volume rilegato. Pagine 384. Euro 9,90

Da quel terribile giorno di febbraio, quando il mare l'ha inghiottita, il tempo per Mia si è fermato. Dal sonno profondo in cui è precipitata e da cui sembra non volersi ridestare, Mia si sente però al sicuro. Il suono di una voce che lei conosce bene la avvolge e la protegge, la tiene lontana da qualsiasi sofferenza e la trasporta in una sorta di sogno.

Federica Bosco

Un amore di angelo

Volume rilegato. Pagine 384. Euro 9,90

Libera di danzare senza schemi e regole ferree, libera di studiare con chi volevo senza più obbedire ai canoni rigidissimi delle scuole prestigiose o ai capricci di insegnanti frustrati, libera di esprimere me stessa». Mia ha avuto l'occasione che attendeva da sempre: un'audizione alla Royal Ballet School. Ma quando si è trovata su quel palco, quando ha capito che la possibilità di entrare in quella scuola era a portata di mano, ha sentito di non voler rinunciare alla libertà di danzare senza regole, vincoli, costrizioni.

NEWTON COMPTON EDITORI